偶尔向生活请个假

季羡林 著

CNS 湖南文艺出版社
HUNAN LITERATURE AND ART PUBLISHING HOUSE

图书在版编目（CIP）数据

偶尔向生活请个假 / 季羡林著 . -- 长沙：湖南文艺出版社，2024.1
ISBN 978-7-5726-1382-1

Ⅰ. ①偶… Ⅱ. ①季… Ⅲ. ①散文集—中国—当代 Ⅳ. ①I267

中国国家版本馆 CIP 数据核字（2023）第 164543 号

偶尔向生活请个假
OUER XIANG SHENGHUO QING GE JIA

作　　者：季羡林
出 版 人：陈新文
监　　制：谭菁菁
策划编辑：吕苗莉
责任编辑：谢朗宁　戴新宇
特约编辑：康舒悦
责任校对：胡伟英
封面设计：尚燕平

出　　版：湖南文艺出版社
（长沙市雨花区东二环一段 508 号　邮编：410014）
网　　址：www.hnwy.net
印　　刷：长沙新湘诚印刷有限公司
经　　销：新华书店
开　　本：880 mm × 1230 mm　1/32
字　　数：160 千字
印　　张：7.25
版　　次：2024 年 1 月第 1 版
印　　次：2024 年 1 月第 1 次印刷
书　　号：ISBN 978-7-5726-1382-1
定　　价：59.80 元

目录

辑一 心中仍有花落的声音

辑二

我爱天下一切狗

辑三

偶尔向生活请个假

辑四

从现在起，要仔仔细细过日子了

辑五

所有的失去，都将以另一种方式归来

辑一

心中仍有花落的声音

我们不栽兰，不种竹；我们就把春天栽种在心中，它不但能过今年的四时，而且能过明年、后年、不知多少年的四时。

《春满燕园》

神奇的丝瓜

今年春天，孩子们在房前空地上，斩草挖土，开辟出来了一个一丈见方的小花园。周围用竹竿扎了一个篱笆，移来了一棵玉兰花树，栽上了几株月季花，又在竹篱下面随意种上了几棵扁豆和两棵丝瓜。土壤并不肥沃，虽然也铺上了一层河泥，但估计不会起很大的作用，大家不过是玩玩而已。

过了不久，丝瓜竟然长了出来，而且日益茁壮、长大。这当然增加了我们的兴趣。但是我们也并没有过高的期望。我自己每天早晨工作疲倦了，常到屋旁的小土山上走一走，站一站，看看墙外马路上的车水马龙和亚运会招展的彩旗，顾而乐之，只不过顺便看一看丝瓜罢了。

丝瓜是普通的植物，我也并没有想到会有什么神奇之处。可是忽然有一天，我发现丝瓜秧爬出了篱笆，爬上了楼墙。以后，每天看丝瓜，总比前一天向楼上爬了一大段；最后竟从一楼爬上了二楼，又从二楼爬上了三楼。说它每天长出半尺，决非夸大之词。丝瓜的秧不过像细绳一般粗。如不注意，连它的根在什么地方，都找不到。这样细的一根秧竟能在一夜之间输送这样多的水分和养料，供应前方，使得上面的叶子长得又肥又绿，爬在灰白色的墙上，一片浓绿，给土墙增添了无量活力与生机。

这当然让我感到很惊奇，我的兴趣随之大大地提高。每天早晨看丝瓜成了我的主要任务。爬小山反而成为次要的了。我往往注视着细细的瓜秧和浓绿的瓜叶，陷入沉思，想得很远，很远……

又过了几天，丝瓜开出了黄花。再过几天，有的黄花就变成了小小的绿色的瓜。瓜越长越长，越长越大，重量当然也越来越增加，最初长出的那一个小瓜竟把瓜秧坠下来了一点，直挺挺地悬垂在空中，随风摇摆。我真是替它担心，生怕它经不住这一份重量，会整个地从楼上坠了下来落到地上。

然而不久就证明了，我这种担心是多余的。最初长出来的瓜不再长大，仿佛得到命令停止了生长。在上面，在三楼一位一百零二岁的老太太的窗外窗台上，却长出来了两个瓜。这两个瓜后来居上，发疯似的猛长，不久就长成了小孩胳膊一般粗了。这两个瓜加起来恐怕有五六斤重，那一根细秧怎么能承担得住呢？我又担心起来。没过几天，事实又证明了我是杞人忧天。两个瓜不知从什么时候忽然弯了起来，把躯体放在老太太的窗台上，从下面看上去，活像两个粗大变弯的绿色牛角。

不知道从哪一天起，我忽然又发现，在两个大瓜的下面，在二三楼之间，在一根细秧的顶端，又长出来了一个瓜，垂直地悬在那里。我又犯了担心病：这个瓜上面够不到窗台，下面也是空空的；总有一天，它越长越大，会把上面的两个大瓜也坠了下来，一起坠到地上，落叶归根，同它的根部聚合在一起。

然而今天早晨，我却看到了奇迹。同往日一样，我习惯地抬头看瓜：下面最小的那一个早已停止生长，孤零零地悬在空中，似乎一点分量都没有；上面老太太窗台上那两个大的，似乎长得更大了，威武雄壮地压在窗台上；中间的那一个却不见了。我看看地上，没有看到掉下来的瓜。等我倒退几步抬头再看时，却看到那一个我认为失踪了的瓜，平着身子躺在抗震加固时筑上的紧靠楼墙凸出的一个台子上。这真让我大吃一惊。这样一个原来垂直悬在空中的瓜怎么忽然平身躺在那里了呢？这个凸出的台子无论是从上面还是从下面都是无法上去的。决不会有人把丝瓜摆平的。

我百思不得其解，徘徊在丝瓜下面，像达摩老祖一样，面壁参禅。我仿佛觉得这棵丝瓜有了思想，它能考虑问题，而且还有行动，它能让无法承担重量的瓜停止生长；它能给处在有利地形的大瓜找到承担重量的地方，给这样的瓜特殊待遇，让它们疯狂地长；它能让悬垂的瓜平身躺下。如果不是这样的话，无论如何也无法解释我上面谈到的现象。但是，如果真是这样的话，又实在令人难以置信。丝瓜用什么来思想呢？丝瓜靠什么来指导自己的行动呢？上下数千年，纵横几万里，从来也没有人说过，丝瓜会有思想。我左考虑，右考虑；越考虑越糊涂。我无法同丝瓜对话。这是一个沉默的奇迹。瓜秧仿佛成了一根神秘的绳子，绿叶子照旧浓翠扑人眉宇。我站在丝瓜下面，陷入梦幻。而丝瓜则似乎心中有数，无言静观，它怡然泰然悠然坦然，仿佛含笑面对秋阳。

1990 年 10 月 9 日

春满燕园

燕园花事渐衰。桃花、杏花早已开谢。一度繁花满枝的榆叶梅现在已经长出了绿油油的叶子。连几天前还开得像一团锦绣似的西府海棠，也已落英缤纷、残红满地了。丁香虽然还在盛开，灿烂满园，香飘十里；但已显出疲惫的样子。北京的春天本来就是短的，“雨横风狂三月暮，门掩黄昏，无计留春住”。看来春天就要归去了。

但是人们心头的春天却方在繁荣滋长。这个春天，同在大自然里的春天一样，也是万紫千红、风光旖旎的。但它却比大自然里的春天更美、更可爱、更真实、更持久。郑板桥有两句诗：“闭门只是栽兰竹，留得春光过四时。”我们不栽兰，不种竹；我们就把春天栽种在心中，它不但能过今年的四时，而且能过明年、后年、不知多少年的四时，它要常驻我们心中，成为永恒的春天了。

昨天晚上，我走过校园。四周一片寂静，只有远处的蛙鸣划破深夜的沉寂。黑暗仿佛凝结了起来，能摸得着，捉得住。我走着走着，蓦地看到远处有了灯光，是从一些宿舍的窗子里流出来的。我心里一愣，我的眼睛仿佛有了佛经上叫做天眼通的那种神力，透过墙壁，就看了进去。我看到一位年老的教师在那里伏案苦读。他仿佛正在写文章，想把几十年的研究心得写了下来，丰富我们文化知识的宝库。他又仿佛是在备课，想把第二天要讲的东西整理得更深刻、更生动，让青年学生获得更多的滋养。他也可能是在看青年教师的论文，想给他们提些意见，共同切磋琢磨。他时而低头沉思，时而抬头微笑。对他说来，这时候，除了他自己和眼前的工作以外，宇宙万物都似乎不存在。他完完全全陶醉于自己的工作中了。

今天早晨，我又走过校园。这时候，晨光初露，晓风未起。浓绿的松柏，淡绿的杨柳，大叶的杨树，小叶的槐树，成行并列，相映成趣。未名湖绿水满盈，不见一条皱纹，宛如一面明镜。还看不到多少人走路，但从绿草湖畔，丁香丛中，杨柳树下，土山高头却传来一阵阵朗诵外语的声音。倾耳细听，俄语、英语、梵语、阿拉伯语等等，依稀可辨。在很多地方，我只是闻声而不见人。但是仅仅从声音里也可以听出那种如饥如渴迫切吸收知识、学习技巧的炽热心情。这一群男女大孩子仿佛想把知识像清晨的空气和芬芳的花香那样一口气吸了下去。我走进大图书馆，又看到一群男女青年挤坐在里面，低头做数学或物理化学的习题。也都是全神贯注，鸦雀无声。

我很自然地就把昨天夜里的情景同眼前的情景联系了起来。年老的一代是那样，年轻的一代又是这样。还能有比这更动人的情景吗？我心里陡然充满了说不出的喜悦。我仿佛看到春天又回到园中：繁花满枝，一片锦绣。不但已经开过花的桃树和杏树又开出了粉红色的花朵，连根本不开花的榆树和杨柳也满树红花。未名湖中长出了车轮般的莲花。正在开花的藤萝颜色显得格外鲜艳。丁香也是精神抖擞，一点也不显得疲惫。总之是万紫千红，春色满园。

这难道仅仅是我一个人的幻象吗？不是的，这是我心中那个春天的反映。我相信，住在这个园子里的绝大多数的教师和同学心中都有这样一个春天，眼前也都看到这样一个春天。这个春天是不怕时间的。即使到了金风送爽、霜林染醉的时候，到了大雪漫天、一片琼瑶的时候，它也会永留心中，永留园内，它是一个永恒的春天。

1962 年 5 月 11 日

枸杞树

在不经意的时候，一转眼便会有一棵苍老的枸杞树的影子飘过。这使我困惑。最先是去追忆：什么地方我曾看见这样一棵苍老的枸杞树呢？是在某处的山里么？是在另一个地方的一个花园里么？但是，都不像。最后，我想到才到北平时住的那个公寓；于是我想到这棵苍老的枸杞树。

我现在还能很清晰地温习一些事情：我记得初次到北平时，在前门下了火车以后，这古老都市的影子，便像一个秤锤，沉重地压在我的心上。我迷惘地上了一辆洋车，跟着木屋似的电车向北跑。远处是红的墙，黄的瓦。我是初次看到电车的；我想，“电”不是很危险吗？后面的电车上的脚铃响了；我坐的洋车仍然在前面悠然地跑着。我感到焦急，同时，我的眼仍然“如入山阴道上，应接不暇”，我仍然看到，红的墙，黄的瓦，终于，在焦急，又因为初踏入一个新的境地而生的迷惘的心情下，折过了不知多少满填着黑土的小胡同以后，我被拖到西城的某一个公寓里去了，我仍然非常迷惘而有点近于慌张，眼前的一切都仿佛给一层轻烟笼罩起来似的，我看不清院子里的什么东西，我甚至也没有看清我住的小屋，黑夜跟着来了，我便糊里糊涂地睡下去，做了许许多多离奇古怪的梦。

虽然做了梦；但是却没有能睡得很熟，刚看到窗上有点发白，我就起来了。因为心比较安定了一点，我才开始看得清楚：我住的是北屋，屋前的小院里，有不算小的一缸荷花，四周错落地摆了几盆杂花。我记得很清楚：这些花里面有一棵仙人头，几天后，还开了很大的一朵白花，但是最惹我注意的，却是靠墙长着的一棵枸杞树，已经长得高过了屋檐，枝干苍老钩曲像千年的古松，树皮皱着，色是黝黑的，有几处已经开了裂。幼年在故乡里的时候，常听人说，枸杞是长得非常慢的，很难成为一棵树，现在居然有这样一棵虬干的老枸杞站在我面前，真像梦；梦又掣开了轻渺的网，我这是站在公寓里么？于是，我问公寓的主人，这枸杞有多大年龄了，他也渺茫：他初次来这里开公寓时，这树就是现在这样，三十年来，没有多少变动。这更使我惊奇，我用惊奇的太息的眼光注视着这苍老的枝干在沉默着，又注视着接连着树顶的蓝蓝的长天。

就这样，我每天看书乏了，就总到这棵树底下徘徊。在细弱的枝条上，蜘蛛结了网，间或有一片树叶儿或苍蝇蚊子之流的尸体粘在上面。在有太阳和灯火照上去的时候，这小小的网也会反射出细弱的清光来。倘若再走近一点，你又可以看到有许多叶上都爬着长长的绿色的虫子，在爬过的叶上留了半圆缺口。就在这有着缺口的叶片上，你可以看到各样的斑驳陆离的彩痕。对了这彩痕，你可以随便想到什么东西，想到地图，想到水彩画，想到被雨水冲过的墙上的残痕，再玄妙一点，想到宇宙，想到有着各种彩色的迷离的梦影。这许许多多的东西，都在这小的叶片上呈现给你。当你想到地图的时候，你可以任意指定一个小的黑点，算做你的故乡。再大一点的黑点，算做你曾游过的湖或山，你不是也可以在你心的深处浮起点温热的感觉么？这苍老的枸杞树就是我的宇宙。不，这叶片就是我的全宇宙。我替它把长长的绿色的虫子拿下来，摔在地上，对了它，我描画给自己种种涂着彩色的幻想，我把我的童稚的幻想，拴在这苍老的枝干上。

在雨天，牛乳色的轻雾给每件东西涂上一层淡影。这苍黑的枝干更显得黑了。雨住了的时候，有一两个蜗牛在上面悠然地爬着，散步似的从容，蜘蛛网上残留的雨滴，静静地发着光。一条虹从北屋的脊上伸展出去，像拱桥不知伸到什么地方去了。这枸杞的顶尖就正顶着这桥的中心。不知从什么地方来的阴影，渐渐地爬过了西墙，墙隅的蜘蛛网，树叶浓密的地方仿佛把这阴影捉住了一把似的，渐渐地黑起来。只剩了夕阳的余晖返照在这苍老的枸杞树的圆圆的顶上，淡红的一片，熠耀着，俨然如来佛头顶上金色的圆光。

以后，黄昏来了，一切角隅皆为黄昏占领了。我同几个朋友出去到西单一带散步。穿过了花市，晚香玉在薄暗里发着幽香。不知在什么时候，什么地方，我曾读过一句诗：“黄昏里充满了木樨花的香。”我觉得很美丽。虽然我从来没有闻到过木樨花的香；虽然我明知道现在我闻到的是晚香玉的香。但是我总觉得我到了那种飘渺的诗意的境界似的。在淡黄色的灯光下，我们摸索着转进了幽黑的小胡同，走回了公寓。这苍老的枸杞树只剩下了一团凄迷的影子，靠了北墙站着。

跟着来的是个长长的夜。我坐在窗前读着预备考试的功课。大头尖尾的绿色小虫，在糊了白纸的玻璃窗外有所寻觅似的撞击着。不一会，一个从缝里挤进来了，接着又一个，又一个。成群的围着灯飞。当我听到卖“玉米面饽饽”戛长的永远带点儿寒冷的声音，从远处的小巷里越过了墙飘了过来的时候，我便捻熄了灯，睡下去。于是又开始了同蚊子和臭虫的争斗。在静静的长夜里，忽然醒了，残梦仍然压在我心头，倘若我听到又有窸窣的声音在这棵苍老的枸杞树周围，我便知道外面又落了雨。我注视着这神秘的黑暗，我描画给自己：这枸杞树的苍黑的枝干该变黑了罢；那匹蜗牛有所趋避该匆匆地在向隐僻处爬去吧；小小的圆的蜘蛛网，该又捉住雨滴了罢，这雨滴在黑夜里能不能静静地发着光呢？我做着天真的童话般的梦。我梦到了这棵苍老的枸杞树。——这枸杞树也做梦么？第二天早起来，外面真的还在下着雨。空气里充满了清新的沁人心脾的清香。荷叶上顶着珠子似的雨滴，蜘蛛网上也顶着，静静地发着光。

在如火如荼的盛夏转入初秋的澹远里去的时候，我这种诗意的又充满了稚气的生活，终于也不能继续下去。我离开这公寓，离开这苍老的枸杞树，移到清华园里来。到现在差不多四年了。这园子素来是以水木著名的。春天里，满园里怒放着红的花，远处看，红红的一片火焰。夏天里，垂柳拂着地，浓翠扑上人的眉头。红霞般的爬山虎给冷清的深秋涂上一层凄艳的色彩。冬天里，白雪又把这园子安排成为一个银的世界。在这四季，又都有西山的一层轻渺的紫气，给这园子添了不少的光辉。这一切颜色：红的，翠的，白的，紫的，混合地涂上了我的心，在我心里幻成一幅绚烂的彩画。我做着红色的，翠色的，白色的，紫色的，各样颜色的梦。论理说起来，我在西城的公寓做的童话般的梦，早该被挤到不知什么地方去了。但是，我自己也不了解，在不经意的时候，总有一棵苍老的枸杞树的影子飘过。飘过了春天的火焰似的红花；飘过了夏天的垂柳的浓翠；飘过了红霞似的爬山虎，一直到现在，是冬天，白雪正把这园子装成银的世界。混合了氤氲的西山的紫气，静定在我的心头。在一个浮动的幻影里，我仿佛看到：有夕阳的余晖返照在这棵苍老的枸杞树的圆圆的顶上，淡红的一片，熠耀着，像如来佛头顶上的金光。

1933 年 12 月 8 日雪之下午

从南极带来的植物

小友兼老友唐老鸭（师曾）自南极归来。在北大为我举行九十岁华诞庆祝会的那一天，他来到了北大，身份是记者。全身披挂，什么照相机，录像机，这机，那机，我叫不出名堂来的一些机，看上去至少有几十斤重，活灵活现地重现海湾战争孤身采访时的雄风。一见了我，在忙着拍摄之余，从裤兜里掏出来一个信封，里面装着什么东西，郑重地递了给我。信封上写着几行字：

祝季老寿比南山

南极长城站的植物，每100年长一毫米，此植物已有6000岁。

唐老鸭敬上

这几行字真让我大吃一惊，手里的分量立刻重了起来。打开信封，里面装着一株长在仿佛是一块铁上面的“小草”。当时祝寿会正要开始，大厅里挤满了几百人，熙来攘往，拥拥挤挤，我没有时间和心情去仔细观察这一株小草。

夜里回到家里，时间已晚，没有时间和精力把这一株“仙草”拿出来仔细玩赏。第二天早晨才拿了出来。初看之下，觉得没有什么希奇之处，这不就是一棵平常的“草”嘛，同我们这里遍地长满了的野草从外表上来看差别并不大。但是，当我擦了擦昏花的老眼再仔细看时，它却不像是一株野草，而像是一棵树，具体而微的树，有干有枝。枝子上长着一些黑色的圆果。我眼睛一花，原来以为是小草的东西，蓦地变成了参天大树，树上搭满鸟巢。树扎根的石块或铁块一下子变成了一座大山，巍峨雄奇。但是，当我用手一摸时，植物似乎又变成了矿物，是柔软的能屈能折的矿物。试想这一棵什么物从南极到中国，飞越千山万水，而一枝叶条也没有断，至今在我的手中也是一丝不断，这不是矿物又是什么呢？

我面对这一棵什么物，脑海里疑团丛生。

是草吗？不是。

是树吗？也不是。

是植物吗？不像。

是矿物吗？也不像。

它究竟是什么东西呢？我说不清楚。我只能认为它是从南极万古冰原中带来的一个奇迹。既然唐老鸭称之为植物，我们就算它是植物吧。我也想创造两个新名词：像植物一般的矿物，或者像矿物一般的植物。英国人有一个常用的短语“at one's wits' end”（到了一个人智慧的尽头），我现在真走到了我的智慧的尽头了。

在这样智穷力尽的情况下，我面对这一个从南极来的奇迹，不禁浮想联翩。首先是它那六千年的寿命。在天文学上，在考古学上，在人类生活中，六千是一个很小的数目，没有什么值得大惊小怪的地方。但是，在人类有了文化以后的历史上，在国家出现的历史上，它却是一个很大的数目。中国满打满算也不过说有五千年的历史。连那一位玄之又玄的老祖宗黄帝，据一般词典的记载，也不过说他约生在公元前26世纪，距今还不满五千年。连世界上国家产生比较早的国家，比如埃及和印度，除了神话传说以外，也达不到六千年。我想，我们可以说，在这一株“植物”开始长的时候，人类还没有国家。说是“宇宙洪荒”，也许是太过了一点。但是，人类的国家，同它比较起来，说是瞠乎后矣，大概是可以的。

想到这一切，我面对这一株不起眼儿的“植物”，难道还能不惊诧得瞠目结舌吗？

再想到人类的寿龄和中国朝代的长短，更使我的心进一步地震动不已。古人诗说：“人生不满百，常怀千岁忧。”在过去，人们总是互相祝愿“长命百岁”。对人生来说，百岁是长极长极了的。然而南极这一株“植物”在一百年内只长一毫米。中国历史上最长的朝代是周代，约有八百年之久。在这八百年中，人间发生了多么大的变动呀。春秋和战国都包括在这个期间。百家争鸣，何等热闹。云谲波诡，何等奇妙。然而，南极这一株“植物”却在万古冰原中，沉默着，忍耐着，只长了约八毫米。周代以后，秦始皇登场，修筑了令全世界惊奇的长城。接着登场的是赫赫有名的汉祖、唐宗等等一批人物，半生征战，铁马金戈，杀人盈野，血流成河。一直到了清代末叶，帝制取消，军阀混战，最终是建成了中华人民共和国。

两千多年的历史，千头万绪的史实，五彩缤纷，错综复杂，头绪无数，气象万千，现在大学里讲起中国通史，至少要讲上一学年，还只能讲一个轮廓。倘若细讲起来，还需要断代史，以及文学、哲学、经济、艺术、宗教、民族等等的历史。至于历史人物，则有的成龙，有的成蛇；有的流芳千古，有的遗臭万年，成了人们茶余酒后谈古论今的对象。在这两千多年的漫长悠久的岁月中，赤县神州的花花世界里演出了多少幕悲剧、喜剧、闹剧；然而，这一株南极的“植物”却沉默着、忍耐着只长了两厘米多一点。多么艰难的成长呀！

想到这一切，我面对这一株不起眼儿的“植物”难道还能不惊诧得瞠目结舌吗？

我们的汉语中有“目击者”一个词儿，意思是“亲眼看到的人”。我现在想杜撰一个新名词儿“准目击者”，意思是“有可能亲眼看到的人或物”。“物”分动植两种，动物一般是有眼睛的，有眼就能看到。但是，植物并没有眼睛，怎么还能“击”（看到）呢？我在这里只是用了一个诗意的说法，请大家千万不要“胶柱鼓瑟”地或者“刻舟求剑”地去推敲，就说是植物也能看见吧。孔子是中国的圣人，是万世师表，万人景仰。到了今天，除了他那峨冠博带的画像之外，人类或任何动物决不会有孔子的目击者。植物呢，我想，连四川青城山上的那一株老寿星银杏树，或者陕西黄帝陵上那一些十几个人合抱不过来的古柏，也不会是孔子的目击者。然而，我们这一株南极的“植物”却是有这个资格的，孔子诞生的时候它已经有三千多岁了。对它来说，孔子是后辈又后辈了。如果它当时能来到中国，“目击”孔子不是轻而易举的事情吗？

我不是生物学家，没有能力了解，这一株“植物”究竟是什么东西，我也没有向唐老鸭问清楚：在南极有多少像这样的“植物”？如果有多种的话，它们是不是都是六千岁？如果不是的话，它们中最老的有几千岁？这样的“植物”还会不会再长？这样一系列的问题萦绕在我脑海中。我感兴趣的问题是，我眼前的这一株“植物”，身高六厘米，寿高六千岁。如果它或它那些留在南极的伙伴还继续长的话，再过六千年，也不过高一分米二厘米，仍然是一株不起眼儿的可怜兮兮的“植物”，难登大雅之堂。然而，今后的六千年却大大地不同于过去的六千年了。就拿过去一百年来看吧，科技发展，日新月异，过去连想都不敢想的事情，现在做到了；过去认为是幻想的东西，现在是现实了。人类在太空可以任意飞行，连嫦娥的家也登门拜访到了。到了今天，更是分新秒异，谁也不敢说，新的科技将会把我们带向何方。一百年尚且如此，谁还敢想象六千年呢？到了那时候人类是否已经异化为非人类，至少是同现在的人类迥然不同的人类，谁又敢说呢？

想到这一切，念天地之悠悠，后不见来者，我面对这一株不起眼儿的“植物”，我只能惊诧得瞠目结舌了。

2001.7.2

园花寂寞红

楼前右边，前临池塘，背靠土山，有几间十分古老的平房，是清代保卫八大园的侍卫之类的人住的地方。整整四十年以来，一直住着一对老夫妇：女的是德国人，北大教员；男的是中国人，钢铁学院教授。我在德国时，已经认识了他们，算起来到今天已经将近六十年了，我们算是老朋友了。三十年前，我们的楼建成，我是第一个搬进来住的。从那以后，老朋友又成了邻居。有些往来，是必然的。逢年过节，互相拜访，感情是融洽的。

我每天到办公室去，总会看到这个个子不高的老人，蹲在门前临湖的小花园里，不是除草栽花，就是浇水施肥；再就是砍几竿门前屋后的竹子，扎成篱笆。嘴里叼着半只雪茄，笑眯眯的。忙忙碌碌，似乎乐在其中。

他种花很有一些特点。除了一些常见的花以外，他喜欢种外国种的唐菖蒲，还有颜色不同的名贵的月季。最难得的是一种特大的牵牛，比平常的牵牛要大一倍，宛如小碗口一般。每年春天开花时，颇引起行人的注目。据说，此花来头不小。在北京，只有梅兰芳家里有，齐白石晚年以画牵牛花闻名全世，临摹的就是梅府上的牵牛花。

我是颇喜欢一点花的。但是我既少空闲，又无水平。买几盆名贵的花，总养不了多久，就呜呼哀哉。因此，为了满足自己的美感享受，我只能像北京人说的那样看“蹭”花。现在有这样神奇的牵牛花，绚丽夺目的月季和唐菖蒲，就摆在眼前，我焉得不“蹭”呢？每到下班或者开会回来，看到老友在侍弄花，我总要停下脚步，聊上几句，看一看花。花美，地方也美，湖光如镜，杨柳依依，说不尽的旖旎风光，人在其中，顿觉尘世烦恼，一扫而光，仿佛遗世而独立了。

但是，世事往往有出人意料者。两个月前，我忽然听说，老友在夜里患了急病，不到几个小时，就离开了人间。我简直不敢相信，然而这又确是事实。我年届耄耋，阅历多矣，自谓已能做到“悲欢离合总无情”了。事实上并不是这样。我有情，有多得超过了需要的情，老友之死，我焉能无动于衷呢？“当时只道是寻常”这一句浅显而实深刻的词，又萦绕在我心中。

几天来，我每次走过那个小花园，眼前总仿佛看到老友的身影，嘴里叼着半根雪茄，笑眯眯的，蹲在那里，侍弄花草。这当然只是幻象。老友走了，永远永远地走了。我抬头看到那大朵的牵牛花和多姿多彩的月季花，她们失去了自己的主人。朵朵都低眉敛目，一脸寂寞相，好像“溅泪”的样子。她们似乎认出了我，知道我是自己主人的老友，知道我是自己的认真入迷的欣赏者，知道我是自己的知己。她们在微风中摇曳，仿佛向我点头，向我倾诉心中郁积的寂寞。

现在才只是夏末秋初。即使是寂寞吧，牵牛和月季仍然能够开花的。一旦秋风劲吹，落叶满山，牵牛和月季还能开下去吗？再过一些时候，冬天还会降临人间的。到了那时候，牵牛们和月季们只能被压在白皑皑的积雪下面的土里，做着春天的梦，连感到寂寞的机会都不会有了。

明年，春天总会重返大地的。春天总还是春天，她能让万物复苏，让万物再充满了活力。但是，这小花园的月季和牵牛花怎样呢？月季大概还能靠自己的力量长出芽来，也许还能开出几朵小花。然而护花的主人已不在人间。谁为她们施肥浇水呢？等待她们的不仅仅是寂寞，而是枯萎和死亡。至于牵牛花，没有主人播种，恐怕连幼芽也长不出来。她们将永远被埋在地中了。

我一想到这里，不禁悲从中来。眼前包围着月季和牵牛花的寂寞，也包围住了我。我不想再看到春天，我不想看到春天来时行将枯萎的月季，我不想看到连幼芽都冒不出来的牵牛。我虔心默祷上苍，不要再让春天降临人间了。如果非降临不行的话，也希望把我楼前池边的这一个小花园放过去，让这一块小小的地方永远保留夏末秋初的景象，就像现在这样。

1992年8月30日

人间自有真情在

前不久，我写了一篇短文《园花寂寞红》，讲的是楼右前方住着的一对老夫妇，男的是中国人，女的是德国人。他们在德国结婚后，移居中国，到现在已将近半个世纪了。哪里想到，一夜之间，男的突然死去。他天天侍弄的小花园，失去了主人。几朵仅存的月季花，在秋风中颤抖，挣扎，苟延残喘，浑身凄凉、寂寞。

我每天走过那个小花园，也感到凄凉、寂寞。我心里总在想：到了明年春天，小花园将日益颓败，月季花不会再开。连那些在北京只有梅兰芳家才有的大朵的牵牛花，在这里也将永远永远地消逝了。我的心情很沉重。

昨天中午，我又走过这个小花园，看到那位接近米寿的德国老太太在篱笆旁忙活着。我走近一看，她正在采集大牵牛花的种子。这可真是件新鲜事儿。我在这里住了三十年，从来没有见到过她侍弄过花。我曾满腹疑团：德国人一般都是爱花的，这老太太真有点个别。可今天她为什么也忙着采集牵牛花的种子呢？她老态龙钟，罗锅着腰，穿一身黑衣裳，瘦得像一只螳螂。虽然采集花种不是累活，她干起来也是够呛的。我问她，采集这个干什么？她的回答极简单："我的丈夫死了，但是他爱的牵牛花不能死！"

我心里一亮，一下子顿悟出来了一个道理。她男人死了，一儿一女都在德国。老太太在中国可以说是举目无亲。虽然说是入了中国籍，但是在中国将近半个世纪，中国话说不了十句，中国饭吃不惯。她好像是中国社会水面上的一滴油，与整个社会格格不入，平常只同几个外国人和中国留德学生来往，显得很孤单。我常开玩笑说：她是组织上入了籍，思想上并没有入。到了此时，老头已去，儿女在外，返回德国，正其时矣。然而她却偏偏不走。道理何在呢？我百思不得其解。现在，一个非常偶然的机会让我看到她采集大牵牛花的种子。我一下子明白了：这一切都是为了死去的丈夫。

丈夫虽然走了，但是小花园还在，十分简陋的小房子还在。这小花园和小房子拴住了她那古老的回忆，长达半个世纪的甜蜜的回忆。这是他俩共同生活过的地方。为了忠诚于对丈夫的回忆，她不肯离开，不忍离开。我能够想象，她在夜深人静时，独对孤灯。窗外小竹林的窸窣声，穿窗而入。屋后土山上草丛中秋虫哀鸣。此外就是一片寂静。丈夫在时，她知道对面小屋里还睡着一个亲人，使自己不会感到孤独。然而现在呢，那个人突然离开自己，走了，永远永远地走了。茫茫天地，好像只剩下自己孤零一人。人生至此，将何以堪！设身处地，如果我处在她的位置上，我一定会马上离开这里，回到自己的祖国，同儿女在一起，度过余年。

然而，这一位瘦得像螳螂似的老太太却偏偏不走，偏偏死守空房，死守这一个小花园。我知道：这一切都是为了死去的丈夫。

这一位看似柔弱实极坚强的老太太，已经走到了人生的尽头。这一点恐怕她比谁都明白。然而她并未绝望，并未消沉。她还是浑身洋溢着生命力，在心中对未来还充满了希望。她还想到明年春天，她还想到牵牛花，她眼前一定不时闪过春天小花园杂花竞芳的景象。谁看到这种情况会不受到感动呢？我想，牵牛花而有知，到了明年春天，虽然男主人已经不在了，但它一定会精神抖擞，花朵一定会开得更大，更大，颜色一定会更鲜，更艳。

1992 年 9 月 20 日

槐花

自从移家朗润园，每年在春夏之交的时候，我一出门向西走，总是清香飘拂，溢满鼻官。抬眼一看，在流满了绿水的荷塘岸边，在高高低低的土山上面，就能看到成片的洋槐，满树繁花，闪着银光；花朵缀满高树枝头，开上去，开上去，一直开到高空，让我立刻想到新疆天池上看到的白皑皑的万古雪峰。

这种槐树在北方是非常习见的树种。我虽然也陶醉于氤氲的香气中，但却从来没有认真注意过这种花树——惯了。

有一年，也是在这样春夏之交的时候，我陪一位印度朋友参观北大校园。走到槐花树下，他猛然用鼻子吸了吸气，抬头看了看，眼睛瞪得又大又圆。我从前曾看到一幅印度人画的人像，为了夸大印度人眼睛之大，他把眼睛画得扩张到脸庞的外面。这一回我真仿佛看到这一位印度朋友瞪大了的眼睛扩张到面孔以外来了。

“真好看呀！这真是奇迹！”

“什么奇迹呀？”

“你们这样的花树。”

“这有什么了不起呢？我们这里多得很。”

“多得很就不了不起了吗？”

我无言以对，看来辩论下去已经毫无意义了。可是他的话却对我起了作用：我认真注意槐花了，我仿佛第一次见到它，非常陌生，又似曾相识。我在它身上发现了许多新的以前从来没有发现的东西。

在沉思之余，我忽然想到，自己在印度也曾有过类似的情景。我在海德拉巴看到耸入云天的木棉树时，也曾大为惊诧。碗口大的红花挂满枝头，殷红如朝阳，灿烂似晚霞，我不禁大为慨叹：

“真好看呀！简直神奇极了！”

“什么神奇？”

“这木棉花。”

“这有什么神奇呢？我们这里到处都有。”

陪伴我们的印度朋友满脸迷惑不解的神气。我的眼睛瞪得多大，我自己看不到。现在到了中国，在洋槐树下，轮到印度朋友（当然不是同一个人）瞪大眼睛了。

在我们的日常生活中，我们都有这样一个经验：越是看惯了的东西，便越是习焉不察，美丑都难看出。这种现象在心理学上是容易解释的：一定要同客观存在的东西保持一定的距离，才能客观地去观察。难道我们就不能有意识地去改变这种习惯吗？难道我们就不能永远用新的眼光去看待一切事物吗？

我想自己先试一试看，果然有了神奇的效果。我现在再走过荷塘看到槐花，努力在自己的心中制造出第一次见到的幻想，我不再熟视无睹，而是尽情地欣赏。槐花也仿佛是得到了知己，大大小小、高高低低的洋槐，似乎在喃喃自语，又对我讲话。周围的山石树木，仿佛一下子活了起来，一片生机，融融氤氲。荷塘里的绿水仿佛更绿了；槐树上的白花仿佛更白了；人家篱笆里开的红花仿佛更红了。风吹，鸟鸣，都洋溢着无限生气。一切眼前的东西联在一起，汇成了宇宙的大欢畅。

1986年6月3日

幽径悲剧

出家门，向右转，只有二三十步，就走进一条曲径。有二三十年之久，我天天走过这一条路，到办公室去。因为天天见面，也就成了司空见惯，对它有点漠然了。

然而，这一条幽径却是大大有名的。记得在50年代，我在故宫的一个城楼上，参观过一个有关《红楼梦》的展览。我看到由几幅山水画组成的组画，画的就是这一条路。足征这一条路是同这一部伟大的作品有某一些联系的。至于是什么联系，我已经记忆不清。留在我记忆中的只是一点印象：这一条平平常常的路是有来头的，不能等闲视之。

这一条路在燕园中是极为幽静的地方。学生们称之为“后湖”，他们很少到这里来的。我上面说它平平常常，这话有点语病，它其实是颇为不平常的。一面傍湖，一面靠山，蜿蜒曲折，实有曲径通幽之趣。山上苍松翠柏，杂树成林。无论春夏秋冬，总有翠色在目。不知名的小花，从春天开起，过一阵换一个颜色，一直开到秋末。到了夏天，山上一团浓绿，人们仿佛是在一片绿雾中穿行。林中小鸟，枝头鸣蝉，仿佛互相应答。秋天，枫叶变红，与苍松翠柏，相映成趣，凄清中又饱含浓烈。几乎让人不辨四时了。

小径另一面是荷塘，引人注目主要是在夏天。此时绿叶接天，红荷映日。仿佛从地下深处爆发出一股无比强烈的生命力，向上，向上，向上，欲与天公试比高，真能使懦者立怯者强，给人以无穷的感染力。

不管是在山上，还是在湖中，一到冬天，当然都有白雪覆盖。在湖中，昔日的潋滟的绿波为坚冰所取代。但是在山上，虽然落叶树都把叶子落掉，可是松柏反而更加精神抖擞，绿色更加浓烈，意思是想把其他树木之所失，自己一手弥补过来，非要显示出绿色的威力不行。再加上还有翠竹助威，人们置身其间，决不会感到冬天的萧索了。

这一条神奇的幽径，情况大抵如此。

在所有的这些神奇的东西中，给我印象最深、让我最留恋难忘的是一株古藤萝。藤萝是一种受人喜爱的植物。清代笔记中有不少关于北京藤萝的记述。在古庙中，在名园中，往往都有几棵寿达数百年的藤萝，许多神话故事也往往涉及藤萝。北大现住的燕园，是清代名园，有几棵古老的藤萝，自是意中事。我们最初从城里搬来的时候，还能看到几棵据说是明代传下来的藤萝。每年春天，紫色的花朵开得满棚满架，引得游人和蜜蜂猬集其间，成为春天一景。

但是，根据我个人的评价，在众多的藤萝中，最有特色的还是幽径的这一棵。它既无棚，也无架，而是让自己的枝条攀附在邻近的几棵大树的干和枝上，盘曲而上，大有直上青云之概。因此，从下面看，除了一段苍黑古劲像苍龙般的粗干外，根本看不出是一株藤萝。每年春天，我走在树下，眼前无藤萝，心中也无藤萝。然而一股幽香蓦地闯入鼻官，嗡嗡的蜜蜂声也袭入耳内，抬头一看，在一团团的绿叶中——根本分不清哪是藤萝叶，哪是其他树的叶子——隐约看到一朵朵紫红色的花，颇有万绿丛中一点红的意味。直到此时，我才清晰地意识到这一棵古藤的存在，顾而乐之了。

经过了史无前例的“十年浩劫”，不但人遭劫，花木也不能幸免。藤萝们和其他一些古丁香树等等，被异化为“修正主义”，遭到了无情的诛伐。六院前的和红二三楼之间的那两棵著名的古藤，被坚决、彻底、干净、全部地消灭掉。是否也被踏上一千只脚，没有调查研究，不敢瞎说；永世不得翻身，则是铁一般的事实了。

茫茫燕园中，只剩下了幽径的这一棵藤萝了。它成了燕园中藤萝界的鲁殿灵光。每到春天，我在悲愤、惆怅之余，唯一的一点安慰就是幽径中这一棵古藤。每次走在它下面，嗅到淡淡的幽香，听到嗡嗡的蜂声，顿觉这个世界还是值得留恋的，人生还不全是荆棘丛。其中情味，只有我一个人知道，不足为外人道也。

然而，我快乐得太早了，人生毕竟还是一个荆棘丛，决不是到处都盛开着玫瑰花。今年春天，我走过长着这棵古藤的地方，我的眼前一闪，吓了一大跳：古藤那一段原来凌空的虬干，忽然成了吊死鬼，下面被人砍断，只留上段悬在空中，在风中摇曳。再抬头向上看，藤萝初绽出来的一些淡紫的成串的花朵，还在绿叶丛中微笑。它们还没有来得及知道，自己赖以生存的根干已经被砍断，脱离了地面，再没有水分供它们生存了。它们仿佛成了失掉了母亲的孤儿，不久就会微笑不下去，连痛哭也没有地方了。

我是一个没有出息的人。我的感情太多，总是供过于求，经常为一些小动物、小花草惹起万斛闲愁。真正的伟人们是决不会这样的。反过来说，如果他们像我这样的话，也决不能成为伟人。我还有点自知之明，我注定是一个渺小的人，也甘于如此，我甘于为一些小猫小狗小花小草流泪叹气。这一棵古藤的灭亡在我心灵中引起的痛苦，别人是无法理解的。

从此以后，我最爱的这一条幽径，我真有点怕走了。我不敢再看那一段悬在空中的古藤枯干，它真像吊死鬼一般，让我毛骨悚然。非走不行的时候，我就紧闭双眼，疾趋而过。心里数着数：一，二，三，四，一直数到十，我估摸已经走到了小桥的桥头上，吊死鬼不会看到了，我才睁开眼走向前去。此时，我简直是悲哀至极，哪里还有什么闲情逸致来欣赏幽径的情趣呢？

但是，这也不行。眼睛虽闭，但耳朵是关不住的。我隐隐约约听到古藤的哭泣声，细如蚊蝇，却依稀可辨。它在控诉无端被人杀害。它在这里已经呆了二三百年，同它所依附的大树一向和睦相处。它虽阅尽人间沧桑，却从无害人之意。每到春天，就以自己的花朵为人间增添美丽，焉知一旦毁于愚氓之手。它感到万分委屈，又投诉无门。它的灵魂死守在这里。每到月白风清之夜，它会走出来显圣的。在大白天，只能偷偷地哭泣。山头的群树，池中的荷花是对它深表同情的，然而又受到自然的约束，寸步难行，只能无言相对。在茫茫人世中，人们争名于朝，争利于市，哪里有闲心来关怀一棵古藤的生死呢？于是，它只有哭泣，哭泣，哭泣……

世界上像我这样没有出息的人，大概是不多的。古藤的哭泣声恐怕只有我一个能听到。在浩茫无际的大千世界上，在林林总总的植物中，燕园的这一棵古藤，实在渺小得不能再渺小了。你倘若问一个燕园中人，决不会有任何人注意到这一棵古藤的存在的，决不会有任何人关心它的死亡的，决不会有任何人为之伤心的。偏偏出了我这样一个人，偏偏让我住到这个地方，偏偏让我天天走这一条幽径，偏偏又发生了这样一个小小的悲剧；所有这一些偶然性都集中在一起，压到了我的身上。我自己的性格制造成的这一个十字架，只有我自己来背了。奈何，奈何！

但是，我愿意把这个十字架背下去，永远永远地背下去。

1992年9月13日

二月兰

一转眼，不知怎样一来，整个燕园竟成了二月兰的天下。

二月兰是一种常见的野花。花朵不大，紫白相间。花形和颜色都没有什么特异之处。如果只有一两棵，在百花丛中，决不会引起任何人的注意。但是它却以多胜，每到春天，和风一吹拂，便绽开了小花；最初只有一朵，两朵，几朵。但是一转眼，在一夜间，就能变成百朵，千朵，万朵，大有凌驾百花之势了。

我在燕园里已经住了四十多年。最初我并没有特别注意到这种小花。直到前年，也许正是二月兰开花的大年，我蓦地发现，从我住的楼旁小土山开始，走遍了全园，眼光所到之处，无不有二月兰在。宅旁，篱下，林中，山头，土坡，湖边，只要有空隙的地方，都是一团紫气，间以白雾，小花开得淋漓尽致，气势非凡，紫气直冲云霄，连宇宙都仿佛变成紫色的了。

我在迷离恍惚中，忽然发现二月兰爬上了树，有的已经爬上了树顶，有的正在努力攀登，连喘气的声音似乎都能听到。我这一惊可真不小：莫非二月兰真成了精了吗？再定睛一看，原来是二月兰丛中的一些藤萝，也正在开着花，花的颜色同二月兰一模一样，所差的就仅仅只缺少那一团白雾。我实在觉得我这个幻觉非常有趣。带着清醒的意识，我仔细观察起来：除了花形之外，颜色真是一般无二。反正我知道了这是两种植物，心里有了底。然而再一转眼，我仍然看到二月兰往枝头爬。这是真的呢，还是幻觉？——由它去吧。

自从意识到二月兰的存在以后，一些同二月兰有联系的回忆立即涌上心头。原来很少想到的或根本没有想到的事情，现在想到了；原来认为十分平常的琐事，现在显得十分不平常了。我一下子清晰地意识到，原来这种十分平凡的野花竟在我的生命中占有这样重要的地位。我自己也有点吃惊了。

我回忆的丝缕是从楼旁的小土山开始的。这一座小土山，最初毫无惊人之处，只不过两三米高，上面长满了野草。当年歪风狂吹时，每次“打扫卫生”，全楼住的人都被召唤出来拔草，不是“绿化”，而是“黄化”。我每次都在心中暗恨这小山野草之多。后来不知由于什么原因，把山堆高了一两米。这样一来，山就颇有一点山势了。东头的苍松，西头的翠柏，都仿佛恢复了青春，一年四季，郁郁葱葱。中间一棵榆树，从树龄来看，只能算是松柏的曾孙，然而也枝干繁茂，高枝直刺入蔚蓝的晴空。

我不记得从什么时候起我注意到小山上的二月兰。这种野花开花大概也有大年小年之别的。碰到小年，只在小山前后稀疏地开上那么几片。遇到大年，则山前山后开成大片。二月兰仿佛发了狂。我们常讲什么什么花“怒放”，这个“怒”字下得真是无比地奇妙。

二月兰一“怒”，仿佛从土地深处吸来了一股原始力量，一定要把花开遍大千世界，紫气直冲云霄，连宇宙都仿佛变成紫色的了。

东坡的词说：“人有悲欢离合，月有阴晴圆缺，此事古难全。”但是花们好像是没有什么悲欢离合。应该开时，它们就开。该消失时，它们就消失。它们是“纵浪大化中”，一切顺其自然，自己无所谓什么悲与喜。我的二月兰就是这个样子。

然而，人这个万物之灵却偏偏有了感情，有了感情就有了悲欢。这真是多此一举，然而没有法子。人自己多情，又把情移到花，“泪眼问花花不语”，花当然“不语”了。如果花真“语”起来，岂不吓坏了人！这些道理我十分明白。然而我仍然把自己的悲欢挂到了二月兰上。

当年老祖还活着的时候，每到春天二月兰开花的时候，她往往拿一把小铲，带一个黑书包，到成片的二月兰旁青草丛里去搜挖荠菜。只要看到她的身影在二月兰的紫雾里晃动，我就知道在午餐或晚餐的餐桌上必然弥漫着荠菜馄饨的清香。当婉如还活着的时候，她每次回家，只要二月兰还在开花，她离开时，她总穿过左手是二月兰的紫雾，右手是湖畔垂柳的绿烟，匆匆忙忙走去，把我的目光一直带到湖对岸的拐弯处。当小保姆杨莹还在我家时，她也同小山和二月兰结上了缘。我曾套清词写过三句话：“午静携侣寻野菜，黄昏抱猫向夕阳，当时只道是寻常。”我的小猫虎子和咪咪还在世的时候，我也往往在二月兰丛里看到她们：一黑一白，在紫色中格外显眼。

所有这些琐事都是寻常到不能再寻常了。然而，曾几何时，到了今天，老祖和婉如已经永远永远地离开了我们。小莹也回了山东老家。至于虎子和咪咪也各自遵循猫的规律，不知钻到了燕园中哪一个幽暗的角落里，等待死亡的到来。老祖和婉如的走，把我的心都带走了。虎子和咪咪我也忆念难忘。如今，天地虽宽，阳光虽照样普照，我却感到无边的寂寥与凄凉。回忆这些往事，如云如烟，原来是近在眼前，如今却如蓬莱灵山，可望而不可即了。

对于我这样的心情和我的一切遭遇，我的二月兰一点也无动于衷，照样自己开花。今年又是二月兰开花的大年。在校园里，眼光所到之处，无不有二月兰在。宅旁，篱下，林中，山头，土坡，湖边，只要有空隙的地方，都是一团紫气，间以白雾。小花开得淋漓尽致，气势非凡，紫气直冲霄汉，连宇宙都仿佛变成紫色的了。

这一切都告诉我，二月兰是不会变的，世事沧桑，于她如浮云。然而我却是在变的，月月变，年年变。我想以不变应万变，然而办不到。我想学习二月兰，然而办不到。不但如此，她还硬把我的记忆牵回到我一生最倒霉的时候。在“十年浩劫”中，我自己跳出来反对北大那一位“老佛爷”，被抄家，被打成了“反革命”。正是在二月兰开花的时候，我被管制劳动改造。有很长一段时间，我每天到一个地方去捡破砖碎瓦，还随时准备着被红卫兵押解到什么地方去“批斗”，坐喷气式，还要挨上一顿揍，打得鼻青脸肿。可是在砖瓦缝里二月兰依然开放，怡然自得，笑对春风，好像是在嘲笑我。

我当时日子实在非常难过。我知道正义是在自己手中，可是是非颠倒，人妖难分，我呼天天不应，叫地地不答，一腔义愤，满腹委屈，毫无生人之趣。在很长一段时间内，我成了“不可接触者”，几年没接到过一封信，很少有人敢同我打个招呼。我虽处人世，实为异类。

然而我一回到家里，老祖、德华她们，在每人每月只能得到恩赐十几元钱生活费的情况下，殚思竭虑，弄一点好吃的东西，希望能给我增加点营养；更重要的恐怕还是，希望能给我增添点生趣。婉如和延宗也尽可能地多回家来。我的小猫憨态可掬，偎依在我的身旁。她们不懂哲学，分不清两类不同性质的矛盾。人视我为异类，她们视我为好友，从来没有表态，要同我划清界限。所有这一些极其平常的琐事，都给我带来了无量的安慰。窗外尽管千里冰封，室内却是暖气融融。我觉得，在世态炎凉中，还有不炎凉者在。这一点暖气支撑着我，走过了人生最艰难的一段路，没有堕入深涧，一直到今天。

我感觉到悲，又感觉到欢。

到了今天，天运转动，否极泰来，不知怎么一来，我一下子成为"极可接触者"。到处听到的是美好的言词，又到处见到的是和悦的笑容。我从内心里感激我这些新老朋友，他们绝对是真诚的。他们鼓励了我，他们启发了我。然而，一回到家里，虽然德华还在，延宗还在，可我的老祖到哪里去了呢？我的婉如到哪里去了呢？还有我的虎子和咪咪一世到哪里去了呢？世界虽照样朗朗，阳光虽照样明媚，我却感觉异样的寂寞与凄凉。

我感觉到欢，又感觉到悲。

我年届耄耋，前面的路有限了。几年前，我写过一篇短文，叫《老猫》，意思很简明。我一生有个特点：不愿意麻烦人。了解我的人都承认的。难道到了人生最后一段路上我就要改变这个特点吗？不，不，不想改变。我真想学一学老猫，到了大限来临时，钻到一个幽暗的角落里，一个人悄悄地离开人世。

这话又扯远了。我并不认为眼前就有制定行动计划的必要。我还有很多事情要做，而且我的健康情况也允许我去做。有一位青年朋友说我忘记了自己的年龄。这话极有道理。可我并没有全忘。有一个问题我还想弄弄清楚哩。按说我早已到了“悲欢离合总无情”的年龄，应该超脱一点了。然而在离开这个世界以前，我还有一件心事：我想弄清楚，什么叫“悲”？什么又叫“欢”？是我成为“不可接触者”时悲呢？还是成为“极可接触者”时欢？如果没有老祖和婉如的逝世，这问题本来是一清二白的。现在却是悲欢难以分辨了。我想得到答复。我走上了每天必登临几次的小山。我问苍松，苍松不语。我问翠柏，翠柏不答。我问三十多年来亲眼目睹我这些悲欢离合的二月兰，她也沉默不语，兀自万朵怒放，笑对春风，紫气直冲霄汉。

1993 年 6 月 11 日写完

清塘荷韵

楼前有清塘数亩。记得三十多年前初搬来时，池塘里好像是有荷花的，我的记忆里还残留着一些绿叶红花的碎影。后来时移事迁，岁月流逝，池塘里却变得“半亩方塘一鉴开，天光云影共徘徊”，再也不见什么荷花了。

我脑袋里保留的旧的思想意识颇多，每一次望到空荡荡的池塘，总觉得好像缺点什么。这不符合我的审美观念。有池塘就应当有点绿的东西，哪怕是芦苇呢，也比什么都没有强。最好的最理想的当然是荷花。中国旧的诗文中，描写荷花的简直是太多太多了。周敦颐的《爱莲说》读书人不知道的恐怕是绝无仅有的。他那一句有名的“香远益清”是脍炙人口的。几乎可以说，中国没有人不爱荷花的。可我们楼前池塘中独独缺少荷花。每次看到或想到，总觉得是一块心病。

有人从湖北来，带来了洪湖的几颗莲子，外壳呈黑色，极硬。据说，如果埋在淤泥中，能够千年不烂。因此，我用铁锤在莲子上砸开了一条缝，让莲芽能够破壳而出，不至永远埋在泥中。这都是一些主观的愿望，莲芽能不能够出，都是极大的未知数。反正我总算是尽了人事，把五六颗敲破的莲子投入池塘中，下面就是听天命了。

这样一来，我每天就多了一件工作：到池塘边上去看上几次。心里总是希望，忽然有一天，“小荷才露尖尖角”，有翠绿的莲叶长出水面。可是，事与愿违，投下去的第一年，一直到秋凉落叶，水面上也没有出现什么东西。经过了寂寞的冬天，到了第二年，春水盈塘，绿柳垂丝，一片旖旎的风光。可是，我翘盼的水面上却仍然没有露出什么荷叶。此时我已经完全灰了心，以为那几颗湖北带来的硬壳莲子，由于人力无法解释的原因，大概不会再有长出荷花的希望了。我的目光无法把荷叶从淤泥中吸出。

但是，到了第三年，却忽然出了奇迹。有一天，我忽然发现，在我投莲子的地方长出了几个圆圆的绿叶，虽然颜色极惹人喜爱，但是却细弱单薄，可怜兮兮地平卧在水面上，像水浮莲的叶子一样。而且最初只长出了五六个叶片。我总嫌这有点太少，总希望多长出几片来。于是，我盼星星，盼月亮，天天到池塘边上去观望。有校外的农民来捞水草，我总请求他们手下留情，不要碰断叶片。但是经过了漫漫的长夏，凄清的秋天又降临人间，池塘里浮动的仍然只是孤零零的那五六个叶片。对我来说，这又是一个虽微有希望但究竟仍是令人灰心的一年。

真正的奇迹出现在第四年上。严冬一过，池塘里又溢满了春水。到了一般荷花长叶的时候，在去年漂浮着五六个叶片的地方，一夜之间，突然长出了一大片绿叶，而且看来荷花在严冬的冰下并没有停止行动，因为在离开原有五六个叶片的那块基地比较远的池塘中心，也长出了叶片。叶片扩张的速度，扩张范围的扩大，都是惊人地快。几天之内，池塘内不小一部分，已经全为绿叶所覆盖。而且原来平卧在水面上的像是水浮莲一样的叶片，不知道是从哪里聚集来了力量，有一些竟然跃出了水面，长成了亭亭的荷叶。原来我心中还迟迟疑疑，怕池中长的是水浮莲，而不是真正的荷花。这样一来，我心中的疑云一扫而光：池塘中生长的真正是洪湖莲花的子孙了。我心中狂喜，这几年总算是没有白等。

天地萌生万物，对包括人在内的动植物等有生命的东西，总是赋予一种极其惊人的求生存的力量和极其惊人的扩展蔓延的力量，这种力量大到无法抗御。只要你肯费力来观摩一下，就必然会承认这一点。现在摆在我面前的就是我楼前池塘里的荷花。自从几个勇敢的叶片跃出水面以后，许多叶片接踵而至。一夜之间，就出来了几十枝，而且迅速地扩散、蔓延。不到十几天的工夫，荷叶已经蔓延得遮蔽了半个池塘。从我撒种的地方出发，向东西南北四面扩展。我无法知道，荷花是怎样在深水中淤泥里走动。反正从露出水面的荷叶来看，每天至少要走半尺的距离，才能形成眼前这个局面。

光长荷叶，当然是不能满足的。荷花接踵而至，而且据了解荷花的行家说，我门前池塘里的荷花，同燕园其他池塘里的，都不一样。其他地方的荷花，颜色浅红；而我这里的荷花，不但红色浓，而且花瓣多，每一朵花能开出十六个复瓣，看上去当然就与众不同了。这些红艳耀目的荷花，高高地凌驾于莲叶之上，迎风弄姿，似乎在睥睨一切。幼时读旧诗：“毕竟西湖六月中，风光不与四时同。

接天莲叶无穷碧，映日荷花别样红。”爱其诗句之美，深恨没有能亲自到杭州西湖去欣赏一番。现在我门前池塘中呈现的就是那一派西湖景象。是我把西湖从杭州搬到燕园里来了，岂不大快人意也哉！前几年才搬到朗润园来的周一良先生赐名为“季荷”。我觉得很有趣，又非常感激。难道我这个人将以荷而传吗？

前年和去年，每当夏月塘荷盛开时，我每天至少有几次徘徊在塘边，坐在石头上，静静地吸吮荷花和荷叶的清香。“蝉噪林逾静，鸟鸣山更幽”，我确实觉得四周静得很。我在一片寂静中，默默地坐在那里，水面上看到的是荷花绿肥、红肥。倒影映入水中，风乍起，一片莲瓣堕入水中，它从上面向下落，水中的倒影却是从下边向上落，最后一接触到水面，两者合为一，像小船似的漂在那里。我曾在某一本诗话上读到两句诗：“池花对影落，沙鸟带声飞。”作者深惜这二句对仗不工。这也难怪，像“池花对影落”这样的境界究竟有几个人能参悟透呢？

晚上，我们一家人也常常坐在塘边石头上纳凉。有一夜，天空中的月亮又明又亮，把一片银光洒在荷花上。我忽听扑通一声，是我的小白波斯猫毛毛扑入水中，它大概是认为水中有白玉盘，想扑上去抓住。它一入水，大概就觉得不对头，连忙矫捷地回到岸上，把月亮的倒影打得支离破碎，好久才恢复了原形。

今年夏天，天气异常闷热，而荷花则开得特欢。绿盖擎天，红花映日，把一个不算小的池塘塞得满而又满，几乎连水面都看不到了。一个喜爱荷花的邻居，天天兴致勃勃地数荷花的朵数。今天告诉我，有四五百朵；明天又告诉我，有六七百朵。但是，我虽然知道他为人细致，却不相信他真能数出确实的朵数。在荷花底下，石头缝里，旮旮旯旯，不知还隐藏着多少菁葖儿，都是在岸边难以看到的。粗略估计，今年大概开了将近一千朵。真可以算是洋洋大观了。

连日来，天气突然变寒，好像是一下子从夏天转入秋天。池塘里的荷叶虽然仍然是绿油一片，但是看来变成残荷之日也不会太远了。再过一两个月，池水一结冰，连残荷也将消逝得无影无踪。那时荷花大概会在冰下冬眠，做着春天的梦。它们的梦一定能够圆的。“既然冬天到了，春天还会远吗？”

我为我的“季荷”祝福。

1997年9月16日中秋节

辑二

我爱天下一切狗

如果猫能做梦的话，她梦到的必然是我。

《咪咪》

兔子

不记得是什么时候，大概总在我们全家刚从一条满铺了石头的古旧的街的北头搬到南头以后，我有了三只兔子。

说起兔子，我从小就喜欢的。在故乡里的时候，同村的许多的家里都养着一窝兔子。在地上掘一个井似的圆洞，不深，在洞底又有向旁边通的小洞。兔子就住在里面。不知为什么，我们却总不记得家里有过这样的洞。每次随了大人往别的养兔子的家里去玩的时候，大人们正在扯不断拉不断絮絮地谈得高兴的当儿，我总是放轻了脚步走到洞口，偷偷地向里瞧——兔子正在小洞外面徘徊着呢。有黑白花的，有纯黑的。我顶喜欢纯白的，因为眼睛红亮得好看。透亮的长耳朵左右摇摆着。嘴也仿佛战栗似的颤动着，在嚼着菜根什么的。蓦地看见人影，都迅速地跑进小洞去了，像一溜溜的白色黑色的烟。倘若再伏下身子去看，在小洞的薄暗里，便只看见一对对的莹透的宝石似的眼睛了。

在我走出了童年以前的某一个春天，记得是刚过了年，因为一种机缘的凑巧，我离开故乡，到一个以湖山著名的都市里去。从栉比的高的楼房的空隙里，我只看到一线蓝蓝的天，这哪里像故乡里锅似的覆盖着的天呢？我看不到远远的笼罩着一层轻雾的树。我看不到天边上飘动的水似的云烟。我嗅不到土的气息。我仿佛住在灰之国里。终日里，我只听到闹嚷嚷的车马的声音。在半夜里，还有小贩的咽声从远处的小巷里飘了过来。我是地之子，我渴望着再回到大地的怀里去。当时，小小的心灵也会感到空漠的悲哀吧。但是，最使我不能忘怀的，占据了我的整个的心的，却还是有着宝石似的眼睛的故乡里的兔子。

也不记得是几年以后了，总之是在秋天，叔父从望口山回家来，仆人挑了一担东西。上面是用蒲包装的有名的肥桃，下面有一个木笼。我正怀疑木笼里会装些什么东西，仆人已经把木笼举到我的眼前了——战栗似的颤动着的嘴，透亮的长长的耳朵，红亮的宝石似的眼睛……这不正是我梦寐渴望的兔子么？记得他临到望口山去的时候，我曾向他说过，要他带几个兔子回来。当时也不过随意一说，现在居然真带来了。这仿佛把我拉回了故乡里去。我是怎么狂喜呢？笼里一共有三只：一只大的，黑色，像母亲；两只小的，白色。我立刻舍弃了美味的肥桃，东跑西跑，忙着找白菜，找豆芽，喂它们。我又替它们张罗住处，最后就定住在我的床下。

童年在故乡里的时候，伏在别人的洞口上，羡慕人家的兔子，现在居然也有三只在我的床下了。对我，这简直比童话还不可信。最初，才从笼里放出来的时候，立刻就有猫挤上来。兔子仿佛很胆怯，伏在地上，不敢动。耳朵紧贴在头上，只有嘴颤动得更厉害。把猫赶走了，才慢慢地试着跑。我一转眼，大的早领着两只小的躲在花盆后面了。再一转眼，早又跑到床下面去了。有了兔子以后的第一个夜里，我躺在床上，辗转着睡不沉，听兔子在床下嚼着豆芽的声音，我仿佛浮在云堆里。已经忘记了做过些什么样的梦了。

就这样，我的床下面便凭空添了三个小生命。每当我坐在靠窗的一张桌子的旁边读书的时候，兔子便偷偷地从床下面踱出来，没有一点声音。我从书页上面屏息地看着它们。——先是大的一探头，又缩回去；再一探头，走出来了，一溜黑烟似的。紧随着的是两只小的，都白得像一团雪，眼睛红亮，像——我简直说不出像什么。像玛瑙么？比玛瑙还光莹。就用这小小的红亮的眼睛四面看着，走到从花盆里垂出的拂着地的草叶下面，嘴战栗似的颤动几下，停一停，走到书架旁边，嘴战栗似的颤动几下，停一停，走到小凳下面。嘴战栗似的颤动几下，停一停。忽然我觉得有软茸茸的东西靠上了我的脚了。我知道是小兔正伏在我的脚下。我忍耐着不敢动。不知怎地，腿忽然一抽。我再看时，一溜黑烟，两溜白烟，兔子都藏到床下面去。伏下身子去看，在床下面暗黑的角隅里，便只看见莹透的宝石似的一对对的眼睛了。

是秋天，前面已经说过，我住的屋的窗外有一棵海棠树。以前常听人说，兔子是顶孱弱的，猫对它便是个大的威胁。在兔子没来我床下面住以前，屋里也常有猫的踪迹。门关严了的时候，这棵海棠树就成了猫来我屋里的路。自从有了兔子以后，在冷寂的秋的长夜里，我常常无所谓地蓦地醒转来。——窗外风吹着落叶，窸窣地响，我疑心是猫从海棠树上爬上了窗子。绵连的夜雨击着落叶，窸窣地响，我又疑心是猫爬上了窗子。我静静地等着，不见有猫进来。

低头看时，兔子正在地上来回地跑着，在微明的灯光里，更像一溜溜的黑烟和白烟了。眼睛也更红亮得像宝石了。当我正要蒙眬睡去的时候，恍惚听到“咪”的一声，看窗子上破了一个洞的地方，正有两颗灯似的眼睛向里瞅着。

第二天早晨起来，第一件要做的事情，就是伏下头去看，兔子丢了没有。看到两个小兔两团白絮似的偎在大的身旁熟睡的时候，心里仿佛得到点安慰。过了一会，再回到屋里来读书的时候，又可以看到它们在脚下来回地跑了。其实并没有什么声息，屋里总仿佛充满了生气与欢腾似的。周围的空气，也软浓浓地变得甜美了。兔子也渐渐不胆怯起来。看见我也不很躲避了。第一次一个小兔很驯顺地让我抚摸的时候，我简直欢喜得流泪呢。

倘若我的记忆靠得住的话，大约总有半个秋天，就在这样的颇有诗意的情况里度过去。我还能模模糊糊地记得：兔子才在笼里装来的时候，满院子都挤满了花。我一闭眼，还能看到当时院子里飘动的那一层淡淡的绿色。兔子常从屋里跑出来，到花盆缝里去玩，金鱼缸里的子午莲还仿佛从水面上突出两朵白花来。只依稀有一点影。这记忆恐怕靠不大住了。随了这绿色，这金鱼缸，我又能看到靠近海棠树的涂上了红油绿油的窗子嵌着一方不小的玻璃，上面有雨和土的痕迹。窗纸上还粘着几条蜘蛛丝，窗子里面就是我的书桌，再往里，就是床，兔子就住在床下面……这一切都仿佛在眼前浮动。但又像烟，像雾，眼看就要幻化到空蒙里去了。

我不是说大概过了有半个秋天么？——等到院子里的花草渐渐地减少了，立刻显得很空阔。落叶却在阶下多起来，金鱼缸里早没了水。天更蓝，更长；澹远的秋有转入阴沉的冬的样儿了。就在这样一个蓝天的早晨，我又照例伏下身子，去看兔子丢了没有。——奇怪，床下面空空的，仿佛少了什么东西似的。再仔细看，只看到两个小兔凄凉地互相偎着睡。它们的母亲跑到哪里去了呢？我立刻慌了。汗流遍了全身。本来，几天以来，大兔子的胆更大了，常常自己偷跑到天井里去。这次恐怕又是自己偷跑出去了吧。但各处，屋里，屋外，都找到了，没有影，回头又看到两个小兔子偎在我的脚下，一种莫名其妙的凄凉袭进了我的心。我哭了，我是很早就离开母亲的。我时常想到她。我感到凄凉和寂寞。看来这两个小兔子也同我一样地感到凄凉和寂寞吧。我没地方倾诉，除非在梦里，小兔子又向哪里，而且又怎样倾诉呢？——我又哭了。

起初，我还有希望，我希望大兔子会自己跑回来，蓦地给我一个大的欢喜。但是一天一天地过去，我这希望终于成了泡影。我却更爱这两个小兔子了。以前我爱它们，因为它们红亮的眼睛，雪絮似的软毛。这以后的爱里，却掺入了同情。有时我还想拿我的爱抚来弥补它们失掉母亲的悲哀。但这哪是可能的呢？眼看它们渐渐消瘦了下去。在屋里跑的时候也不像以前那样轻快了。时常偎到我的脚下来。我把它们抱在怀里，也驯顺地伏着不动。当我看到它们踽踽地走开的时候，小小的心真的充满了无名的悲哀呢！

这样的情况也没能延长多久，两三天以后，我忽然发现在屋里跑着的只有一个兔子，那个同伴到哪里去了呢？我又慌了，又各处地找：墙隅，桌下，又在天井里各处找，低声唤着，落叶在脚下索索地响。终于，没有影。当我看到这剩下的一个小生命孤独地踱着的时候，再听檐边秋天特有的风声，眼泪又流下来了。——它在找它的母亲吗？找它的兄弟吗？为什么连叹息一声也不呢？宝石似的眼睛里也仿佛含着晶莹的泪珠了。夜里，在微明的灯光下，我不见它在床下沉睡；它只是不停地在屋里跑着。这冷硬的土地，这漫漫的秋的长夜，没有母亲，没有兄弟偎着，凄凉的冷梦萦绕着它。它怎能睡得下去呢？

第二天的早晨，天更蓝，蓝得有点古怪。小屋里照得通明，小兔在我眼前跑过的时候，洁白的茸毛上，仿佛有一点红，一闪，我再看，就在透明红润的耳朵旁边，发现一点血痕——只一点，衬了雪白的毛，更显得红艳，像鸡血石上的斑，像西天一点晚霞。我却真有点焦急了。我听人说，兔子只要见血，无论多少滴，就会死去的。这剩下的一个没有母亲，没有兄弟的孤独的小生命也要死去吗？我不相信，这比神话还渺茫，然而摆在眼前的却就是那一点红艳的血痕，怎样否认呢？我把它抱了起来，它仿佛也知道有什么不幸要临到它身上，只伏在我的怀里，不动，放下，也不大跑了。就在这天的末尾，在黄昏的微光里，当我再伏下头去看床下的时候，除了一堆白菜和豆芽之外，什么也看不到了。我各处找了找，也没找到什么。我早知道有什么事情要发生。而且，我也想：这样也倒好的。不然，孤零零的一个活在这世界上，得不到一点温热，在凄凉和寂寞的袭击下，这长长的一生又怎样消磨呢？我不哭，但是眼泪却流在肚子里去了，悲哀沉重地压在心头，我想到了故乡里的母亲。

就这样，半个秋天以来，在我床下面跑出跑进的三个兔子一个都不见了。我再坐在靠窗的桌子旁读书的时候，从书页上面，什么都看不到了。从有着风和雨的痕迹的玻璃窗里望出去：海棠树早落净了叶子，只剩下秃光的枝干，撑着晴晴的秋的长空。夜里，我再听到外面，窸窸窣窣地响的时候，我又疑心是猫。我从朦胧中醒转来，虽然有时也会在窗洞里看到两盏灯似的圆圆的眼睛。但是看床下的时候，却没有兔子来回地踱着了。眼一花，便会看到满地历乱的影子，一溜黑烟，一溜白烟，再仔细看，有什么呢？什么也没有，只有暗淡的灯照彻了冷寂的秋夜，外面又窸窣地响，是雨吧？冷栗，寂寞，混上了一点轻微空漠的悲哀，压住了我的心。一切都空虚。我能再做什么样的梦呢？

1934 年 2 月 16 日

老猫

老猫虎子蜷曲在玻璃窗外窗台上一个角落里，缩着脖子，眯着眼睛，浑身一片寂寞、凄清、孤独、无助的神情。

外面正下着小雨，雨丝一缕一缕地向下飘落，像是珍珠帘子。时令虽已是初秋，但是隔着雨帘，还能看到紧靠窗子的小土山上丛草依然碧绿，毫无要变黄的样子。在万绿丛中赫然露出一朵鲜艳的红花。古诗“万绿丛中一点红”，大概就是这般光景吧。这一朵小花如火似燃，照亮了浑茫的雨天。

我从小就喜爱小动物。同小动物在一起，别有一番滋味。它们天真无邪，率性而行；有吃抢吃，有喝抢喝；不会说谎，不会推诿；受到惩罚，忍痛挨打；一转眼间，照偷不误。同它们在一起，我心里感到怡然，坦然，安然，欣然。不像同人在一起那样，应对进退、谨小慎微，斟酌词句、保持距离，感到异常地别扭。

十四年前，我养的第一只猫，就是这个虎子。刚到我家来的时候，比老鼠大不了多少。蜷曲在窄狭的窗内窗台上，活动的空间好像富富有余。它并没有什么特点，仅只是一只最平常的狸猫，身上有虎皮斑纹，颜色不黑不黄，并不美观。但是异于常猫的地方也有，它有两只炯炯有神的眼睛，两眼一睁，还真虎虎有虎气，因此起名叫虎子。它脾气也确实暴烈如虎。它从来不怕任何人。谁要想打它，不管是用鸡毛掸子，还是用竹竿，它从不回避，而是向前进攻，声色俱厉。得罪过它的人，它永世不忘。我的外孙打过一次，从此结仇。只要他到我家来，隔着玻璃窗子，一见人影，它就做好准备，向前进攻，爪牙并举，吼声震耳。他没有办法，在家中走动，都要手持竹竿，以防万一，否则寸步难行。有一次，一位老同志来看我，他显然是非常喜欢猫的。一见虎子，嘴里连声说着："我身上有猫味，猫不会咬我的。"他伸手想去抚摩它，可万万没有想到，我们虎子不懂什么猫味，回头就是一口。这位老同志大惊失色。总之，到了后来，虎子无人不咬，只有我们家三个主人除外，它的"咬声"颇能耸人听闻了。

但是，要说这就是虎子的全面，那也是不正确的。除了暴烈咬人以外，它还有另外一面，这就是温柔敦厚的一面。我举一个小例子。虎子来我们家以后的第三年，我又要了一只小猫。这是一只混种的波斯猫，浑身雪白，毛很长，但在额头上有一小片黑黄相间的花纹。我们家人管这只猫叫洋猫，起名咪咪；虎子则被尊为土猫。这只猫的脾气同虎子完全相反：胆小、怕人，从来没有咬过人。只有在外面跑的时候，才露出一点野性。它只要有机会溜出大门，但见它长毛尾巴一摆，像一溜烟似的立即窜入小山的树丛中，半天不回家。这两只猫并没有血缘关系。但是，不知道是什么原因，一进门，虎子就把咪咪看作是自己的亲生女儿。它自己本来没有什么奶，却坚决要给咪咪喂奶，把咪咪搂在怀里，让它咂自己的干奶头，它眯着眼睛，仿佛在享着天福。我在吃饭的时候，有时丢点鸡骨头、鱼刺，这等于猫们的燕窝、鱼翅。但是，虎子却只蹲在旁边，瞅着咪咪一只猫吃，从来不同它争食。有时还“咪噢”上两声，好像是在说：“吃吧，孩子！安安静静地吃吧！”有时候，不管是春夏还是秋冬，虎子会从西边的小山上逮一些小动物，麻雀、蚱蜢、蝉、蛐蛐之类，用嘴叼着，蹲在家门口，嘴里发出一种怪声。这是猫语，屋里的咪咪，不管是睡还是醒，耸耳一听，立即跑到门后，馋涎欲滴，等着吃母亲带来的佳肴，大快朵颐。我们家人看到这样母子亲爱的情景，都由衷地感动，一致把虎子称作“义猫”。有一年，小咪咪生了两个小猫。大概是初做母亲，没有经验，正如我们圣人所说的那样“未有学养子而后嫁者也”，人们能很快学会，而猫们则不行。咪咪丢下小猫不管，虎子却大忙特忙起来，觉不睡，饭不吃，日日夜夜把小猫搂在怀里。但小猫是要吃奶的，而奶正是虎子所缺的。于是小猫暴躁不安，虎子眉头一皱，计上心来，叼起小猫，到处追着咪咪，要它给小猫喂奶。还真像一个姥姥样子，但是小咪咪并不领情，依旧不给小猫喂奶。有几天的时间，虎子不吃不喝，瞪着两只闪闪发光的眼睛，嘴里叼着小猫，从这屋赶到那屋；一转眼又赶了回来。小猫大概真是受不了啦，便辞别了这个世界。

我看了这一出猫家庭里的悲剧又是喜剧，实在是爱莫能助，惋惜了很久。

我同虎子和咪咪都有深厚的感情。每天晚上，它们俩抢着到我床上去睡觉。在冬天，我在棉被上面特别铺上了一块布，供它们躺卧。我有时候半夜里醒来，神志一清醒，觉得有什么东西重重地压在我身上，一股暖气仿佛透过了两层棉被，扑到我的双腿上。我知道，小猫睡得正香，即使我的双腿由于僵卧时间过久，又酸又痛，但我总是强忍着，决不动一动双腿，免得惊了小猫的轻梦。它此时也许正梦着捉住了一只耗子。只要我的腿一动，它这耗子就吃不成了，岂非大煞风景吗？

这样过了几年，小咪咪大概有八九岁了。虎子比它大三岁，十一二岁的光景。依然威风凛凛，脾气暴烈如故，见人就咬，大有死不改悔的神气。而小咪咪则出我意料地露出了下世的光景。常常到处小便，桌子上，椅子上，沙发上，无处不便。如果到医院里去检查的话，大夫在列举的病情中一定会有一条的：小便失禁。最让我心烦的是，它偏偏看上了我桌子上的稿纸。我正写着什么文章，然而它却根本不管这一套，跳上去，屁股往下一蹲，一泡猫尿流在上面，还闪着微弱的光。说我不急，那不是真的。我心里真急，但是，我谨遵我的一条戒律：决不打小猫一掌，在任何情况之下，也不打它。此时，我赶快把稿纸拿起来，抖掉了上面的猫尿，等它自己干。心里又好气，又好笑，真是哭笑不得。家人对我的嘲笑，我置若罔闻，“全等秋风过耳边”。

我不信任何宗教，也不皈依任何神灵。但是，此时我却有点想迷信一下。我期望会有奇迹出现，让咪咪的病情好转。可世界上是没有什么奇迹的，咪咪的病一天一天地严重起来。它不想回家，喜欢在房外荷塘边上石头缝里呆着，或者藏在小山的树木丛里。它再也不在夜里睡在我的被子上了。每当我半夜里醒来，觉得棉被上轻飘飘的，我惘然若有所失，甚至有点悲伤了。我每天凌晨起来，第一件事情就是拿着手电到房外塘边山上去找咪咪。它浑身雪白，是很容易找到的。在薄暗中，我眼前白白地一闪，我就知道是咪咪。见了我，“咪噢”一声，起身向我走来。我把它抱回家，给它东西吃，它似乎根本没有口味。我看了直想流泪。有一次，我拖着疲惫的身子，走几里路，到海淀的肉店里去买猪肝和牛肉。拿回来，喂给咪咪，它一闻，似乎有点想吃的样子；但肉一沾唇，它立即又把头缩回去，闭上眼睛，不闻不问了。

有一天傍晚，我看咪咪神情很不妙，我预感要发生什么事情。我唤它，它不肯进屋。我把它抱到篱笆以内，窗台下面。我端来两只碗，一只盛吃的，一只盛水。我拍了拍它的脑袋，它偎依着我，“咪噢”叫了两声，便闭上了眼睛。我放心进屋睡觉。第二天凌晨，我一睁眼，三步并作一步，手里拿着手电，到外面去看。哎呀不好！两碗全在，猫影顿杳。我心里非常难过，说不出是什么滋味。我手持手电找遍了塘边，山上，树后，草丛，深沟，石缝。有时候，眼前白光一闪。“是咪咪！”我狂喜。走近一看，是一张白纸。我嗒然若丧，心头仿佛被挖掉了点什么。“屋前屋后搜之遍，几处茫茫皆不见。”从此我就失掉了咪咪，它从我的生命中消逝了，永远永远地消逝了。我简直像是失掉了一个好友，一个亲人。至今回想起来，我内心里还颤抖不止。

在我心情最沉重的时候，有一些通达世事的好心人告诉我，猫们有一种特殊的本领，能知道自己什么时候寿终。到了此时此刻，它们决不呆在主人家里，让主人看到死猫，感到心烦，或感到悲伤。

它们总是逃了出去，到一个最僻静、最难找的角落里，地沟里，山洞里，树丛里，等候最后时刻的到来。因此，养猫的人大都在家里看不见死猫的尸体。只要自己的猫老了，病了，出去几天不回来，他们就知道，它已经离开了人世，不让举行遗体告别的仪式，永远永远不再回来了。

我听了以后，憬然若有所悟。我不是哲学家，也不是宗教家，但却读过不少哲学家和宗教家谈论生死大事的文章。这些文章多半有非常精辟的见解，闪耀着智慧的光芒，我也想努力从中学习一些有关生死的真理。结果却是毫无所得。那些文章中，除了说教以外，几乎没有什么有用的东西。大半都是老生常谈，不能解决什么实际问题，没能给我留下深刻的印象。现在看来，倒是猫们临终时的所作所为，即使仅仅是出于本能吧，却给了我很大的启发。人们难道就不应该向猫们学习这一点经验吗？有生必有死，这是自然规律，谁都逃不过。中国历史上的赫赫有名的人物，秦皇、汉武，还有唐宗，想方设法，千方百计，想求得长生不老。到头来仍然是竹篮子打水一场空，只落得黄土一抔，“西风残照汉家陵阙”。我辈平民百姓又何必煞费苦心呢？一个人早死几个小时，或者晚死几个小时，甚至几天，实在是无所谓的小事，决影响不了地球的转动，社会的前进。再退一步想，现在有些思想开明的人士，不想长生不死，不想在大地上再留黄土一抔；甚至开明到不要遗体告别，不要开追悼会。但是仍会给后人留下一些麻烦：登报，发讣告，还要打电话四处通知，总得忙上一阵。何不学一学猫们呢？它们这样处理生死大事，干得何等干净利索呀！一点痕迹也不留，走了，走了，永远地走了，让这花花世界的人们不见猫尸，用不着落泪，照旧做着花花世界的梦。

我忽然联想到我多次看过的敦煌壁画上的西方净土变。所谓“净土”，指的就是我们常说的天堂、乐园，是许多宗教信徒烧香念佛，查经祷告，甚至实行苦行，折磨自己，梦寐以求想到达的地方。据说在那里可以享受天福，得到人世间万万得不到的快乐。我看了壁画上画的房子、街道、树木、花草，以及大人、小孩，林林总总，觉得十分热闹。可我觉得没有什么出奇之处。只有一件事给我留下了永不磨灭的印象，那就是，那里的人们都是笑口常开，没有一个人愁眉苦脸，他们的日子大概过得都很惬意。不像在我们人间有这样许多不如意的事情，有时候办点事，还要找后门，钻空子。在他们的商店里——净土里面还实行市场经济吗？他们还用得着商店吗？——售货员大概都很和气，不给人白眼，不训斥“上帝”，不扎堆闲侃，不给人钉子碰。这样的天堂乐园，我也真是心向往之的。但是给我印象最深，使我最为吃惊或者羡慕的还是他们对待要死的人的态度。那里的人，大概同人世间的猫们差不多，能预先知道自己寿终的时刻。到了此时，要死的老嬷嬷或者老头，健步如飞地走在前面，身后簇拥着自己的子子孙孙、至亲好友，个个喜笑颜开，全无悲戚的神态，仿佛是去参加什么喜事一般，一直把老人送进坟墓。后事如何，壁画不是电影，是不能动的。然而画到这个程序，以后的事尽在不言中。如果一定要画上填土封坟，反而似乎是多此一举了。我觉得，净土中的人们给我们人类争了光。他们这一手比猫们又漂亮多了。知道必死，而又兴高采烈，多么豁达！多么聪明！猫们能做得到吗？这证明，净土里的人们真正参透了人生奥秘，真正参透了自然规律。人为万物之灵，他们为我们人类在同猫们对比之下真真增了光！真不愧是净土！

上面我胡思乱想得太远了，还是回到我们人世间来吧。我坦白承认，我对人生的奥秘参透得还不够，我对自然规律参透得也还不够。我仍然十分怀念我的咪咪。我心里仿佛有一个空白，非填起来不行。我一定要找一只同咪咪一模一样的白色波斯猫。后来果然朋友又送来了一只，浑身长毛，洁白如雪，两只眼睛全是绿的，亮晶晶像两块绿宝石。为了纪念死去的咪咪，我仍然为它命名“咪咪”，见了它，就像见到老咪咪一样。过了大约又有一年的光景，友人又送了我一只据说是纯种的波斯猫，两只眼睛颜色不同，一黄一蓝。在太阳光下，黄的特别黄，蓝的特别蓝，像两颗黄蓝宝石，闪闪发光，竞妍争艳。这只猫特别调皮，简直是胆大无边，然而也因此就更特别可爱。这一下子又忙坏了虎子，它认为这两只小猫都是自己的亲生女儿，硬逼着它们吮吸自己那干瘪的奶头。只要它走出去，不知在什么地方弄到了小鸟、蚱蜢之类，就带回家来，给两只小猫吃。好久没有听到的“咪噢”唤小猫的声音，现在又听到了。我心里漾起了一丝丝甜意。这大大地减轻了我对老咪咪的怀念。

可是岁月不饶人，也不会饶猫的。这一只“土猫”虎子已经活到十四岁。据通达世情的人们说，猫的十四岁，就等于人的八九十岁。这样一来，我自己不是成了虎子的同龄“人”了吗？这个虎子却也真怪。有时候，颇现出一些老相。两只炯炯有神的眼睛里忽然被一层薄膜蒙了起来。嘴里流出了哈喇子，胡子上都沾得亮晶晶的。

不大想往屋里来，日日夜夜趴在阳台上蜂窝煤堆上，不吃，不喝。我有了老咪咪的经验，知道它快不行了。我也跑到海淀，去买来牛肉和猪肝，想让它不要饿着肚子离开这个世界。我随时准备着：第二天早晨一睁眼，虎子不见了。结果虎子并没有这样干。我天天凌晨第一件事就是来看虎子；隔着窗子，依然黑糊糊的一团，卧在那里。我心里感到安慰。有时候，它也起来走动了。我在本文开头时写的就是去年深秋一个下雨天我隔窗看到的虎子的情况。

到了今天，半年又过去了。虎子不但没有走，而且顽健胜昔，仍然是天天出去。有时候在晚上，窗外的布帘子的一角蓦地被掀了起来，一个丑角似的三花脸一闪。我便知道，这是虎子回来了，连忙开门，放它进来。大概同某一些老年人一样——不是所有的老年人，到了暮年就改恶向善，虎子的脾气大大地改变了。几乎再也不咬人了。我早晨摸黑起床，写作看书累了，常常到门外湖边山下去走一走。此时，我冷不防脚下忽然踢着了一团软乎乎的东西。这是虎子。它在夜里不知道在什么地方呆了一夜，现在看到了我，一下子窜了出来，用身子蹭我的腿，在我身前和身后转悠。它跟着我，亦步亦趋，我走到哪里，它就跟到哪里，寸步不离。我有时故意爬上小山，以为它不会跟来了，然而一回头，虎子正跟在身后。猫是从来不跟人散步的，只有狗才这样干。有时候碰到过路的人，他们见了这情景，都大为吃惊。“你看猫跟着主人散步哩！”他们说，露出满脸惊奇的神色。最近一个时期，虎子似乎更精力旺盛了，它返老还童了。有时候竟带一个它重孙辈的小公猫到我们家阳台上来。“今夜我们相识。”虎子用不着介绍就相识了。看样子，虎子一去不复返的日子遥遥无期了。我成了拥有三只猫的家庭的主人。

我养了十几年猫，前后共有四只。猫们向人们学习什么，我不通猫语，无法询问。我作为一个人却确实向猫学习了一些有用的东西。上面讲过的处理死亡的办法，就是一个例子。我自己毕竟年纪已经很大了，常常想到死的问题。鲁迅五十多岁就想到了，我真是瞠乎后矣。人生必有死，这是无法抗御的。而且我还认为，死也是好事情。如果世界上的人都不死，连我们的轩辕老祖和孔老夫子今天依然峨冠博带，坐着奔驰车，到天安门去遛弯，你想人类世界会成一个什么样子！人是百代的过客，总是要走过去的，这决不会影响地球的转动和人类社会的进步。每一代人都只是一场没有终点的长途接力赛的一环。前不见古人，后不见来者，是宇宙常规。人老了要死，像在净土里那样，应该算是一件喜事。老人跑完了自己的一棒，把棒交给后人，自己要休息了，这是正常的。不管快慢，他们总算跑完了一棒，总算对人类的进步做出了贡献，总算尽上了自己的天职。年老了要退休，这是身体精神状况所决定的，不是哪个人能改变的。老人们会不会感到寂寞呢？我认为，会的。但是我却觉得，这寂寞是顺乎自然的，从伦理的高度来看，甚至是应该的。我始终主张，老年人应该为青年人活着，而不是相反。青年人有接力棒在手，世界是他们的，未来是他们的，希望是他们的。吾辈老年人的天职是尽上自己仅存的精力，帮助他们前进，必要时要躺在地上，让他们踏着自己的躯体前进，前进。如果由于害怕寂寞而学习《红楼梦》里的贾母，让一家人都围着自己转，这不但是办不到的，而且从人类前途利益来看是犯罪的行为。我说这些话，也许有人怀疑，我是不是碰到了什么不如意的事，才说出这样令某些人骇怪的话来。不，不，决不。我现在身体顽健，家庭和睦，在社会上广有朋友，每天照样读书、写作、会客、开会不辍。我没有不如意的事情，也没有感到寂寞。不过自己毕竟已逾耄耋之年，面前的路有限了。不免有时候胡思乱想。而且，我同猫们相处久了，觉得它们有些东西确实值得我们学习，我们这些万物之灵应该屈尊一下，学习学习。即使只学到猫们处理死亡大事这一手，我们社会上会减少多少麻烦呀！

"那么，你是不是准备学习呢？"我仿佛听到有人这样质问了。是的，我心里是想学习的。不过也还有些困难。我没有猫的本能，我不知道自己的大限何时来到。而且我还有点担心。如果我真正学习了猫，有一天忽然偷偷地溜出了家门，到一个旮旯里、树丛里、山洞里、河沟里，一头钻进去，藏了起来，这样一来，我们人类社会可不像猫社会那样平静，有些人必然认为这是特大新闻，指手画脚，嘁嘁喳喳。如果是在旧社会里或者在今天的香港等地的话，这必将成为头版头条的爆炸性新闻，不亚于当年的杨乃武和小白菜。我的亲属和朋友也必将派人出去寻找，派的人也许比寻找彭加木的人还要多。这是多么可怕的事呀！因此我就迟疑起来。至于最后究竟何去何从？我正在考虑、推敲、研究。

1992 年 2 月 17 日

咪咪

我现在越来越不了解自己了。我原以为自己不是多愁善感的人，内心还是比较坚强的。现在才发现，这只是一个假象，我的感情其实脆弱得很。

八年以前，我养了一只小猫，取名咪咪。她大概是一只波斯混种的猫，全身白毛，毛又长又厚，冬天胖得滚圆。额头上有一块黑黄相间的花斑，尾巴则是黄的。总之，她长得非常逗人喜爱。因为我经常给她些鱼肉之类的东西吃，她就特别喜欢我。有几年的时间，她夜里睡在我的床上。每天晚上，只要我一铺开棉被，盖上毛毯，她就急不可待地跳上床去，躺在毯子上。我躺下不久，就听到她打呼噜——我们家乡话叫“念经”——的声音。半夜里，我在梦中往往突然感到脸上一阵冰凉，是小猫用舌头来舔我了，有时候还要往我被窝儿里钻。偶尔有一夜，她没有到我床上来，我顿感空荡寂寞，半天睡不着。等我半夜醒来，脚头上沉甸甸的，用手一摸：毛茸茸的一团，心里有说不出来的甜蜜感，再次入睡，如游天宫。早晨一起床，吃过早点，坐在书桌前看书写字。这时候咪咪决不再躺在床上，而是一定要跳上书桌，趴在台灯下面我的书上或稿纸上，有时候还要给我一个屁股，头朝里面。有时候还会摇摆尾巴，把我的书页和稿纸摇乱。过了一些时候，外面天色大亮，我就把咪咪和另外一只纯种“国猫”名叫虎子的黑色斑纹的“土猫”放出门去，到湖边和土山下草坪上去吃点青草，就地打几个滚儿，然后跟在我身后散步。我上山，她们就上山；我走下来，她们也跟下来。猫跟人散步是极为稀见的，因此成为朗润园一景。这时候，几乎每天都碰到一位手提鸟笼遛鸟的老退休工人，我们一见面，就相对大笑一阵：“你在遛鸟，我在遛猫，我们各有所好啊！”我的一天，往往就是在这种情况下开始的。其乐融融，自不在话下。

大概在一年多以前，有一天，咪咪忽然失踪了。我们全家都有点着急。我们左等，右等；左盼，右盼，望穿了眼睛，只是不见。在深夜，在凌晨，我走了出来，瞪大了双眼，尖起了双耳，希望能在朦胧中看到一团白色，希望能在万籁俱寂中听到一点声息。然而，一切都是枉然。这样过了三天三夜，一个下午咪咪忽然回来了。雪白的毛上沾满了杂草，颜色变成了灰土土的，完全一副狼狈不堪的样子。一头闯进门，直奔猫食碗，狼吞虎咽，大嚼一通。然后跳上壁橱，藏了起来，好半天不敢露面。从此，她似乎变了脾气，拉尿不知，有时候竟在桌子上撒尿和拉屎。她原来是一只规矩温顺的小猫咪，完全不是这样子的。我们都怀疑，她之所以失踪，是被坏人捉走了的，想逃跑，受到了虐待，甚至受到捶挞，好不容易，逃了回来，逃出了魔掌，生理上受到了剧烈的震动，才落了一身这样的坏毛病。

我们看了心里都很难受。一个纯洁无辜的小动物，竟被折磨成这个样子，谁能无动于衷呢？可是我又有什么办法？我是最喜爱这个小东西的，心里更好像是结上了一个大疙瘩，然而却是爱莫能助，眼睁睁地看她在桌上的稿纸上撒尿。但是，我决不打她。我一向主张，对小孩子和小动物这些弱者，动手打就是犯罪。我常说，一个人如果自认还有一点力量、一点权威的话，应当向敌人和坏人施展，不管他们多强多大。向弱者发泄，算不上英雄汉。

然而事情发展却越来越坏，咪咪任意撒尿和拉屎的频率增强了，范围扩大了。在桌上，床下，澡盆中，地毯上，书上，纸上，只要从高处往下一跳，尿水必随之而来。我以老年衰躯，匍匐在床下桌下向纵深的暗处去清扫猫屎，钻出来以后，往往喘上半天粗气。我不但毫不气馁，而且大有乐此不疲之概，心里乐滋滋的。我那年近九旬的老祖笑着说："你从来没有给女儿、儿子打扫过屎尿，也没有给孙子、孙女打扫过，现在却心甘情愿服侍这一只小猫！"我笑而不答。我不以为苦，反以为乐。这一点我自己也解释不清楚。

但是，事情发展得比以前更坏了。家人忍无可忍，主张把咪咪赶走。我觉得，让她出去野一野，也许会治好她的病，我同意了。于是在一个晚上把咪咪送出去，关在门外。我躺在床上，辗转反侧，再也睡不着。后来蒙眬睡去，做起梦来，梦到的不是别的什么，而是咪咪。第二天早晨，天还没有亮，我拿着电筒到楼外去找。我知道，她喜欢趴在对面居室的阳台上。拿手电一照，白白的一团，咪咪蜷伏在那里，见到了我咪噢叫个不停，仿佛有一肚子委屈要向我倾诉。我听了这种哀鸣，心酸泪流。如果猫能做梦的话，她梦到的必然是我。她现在大概怨我太狠心了，我只有默默承认，心里痛悔万分。我知道，咪咪的母亲刚刚死去，她自己当然完全不懂这一套，我却是懂得的。我青年丧母，留下了终天之恨。年近耄耋，一想到母亲，仍然泪流不止。现在竟把思母之情移到了咪咪身上。我心跳手颤，赶快拿来鱼饭，让咪咪饱餐一顿。但是，没有得到家人的同意，我仍然得把咪咪留在外面。而我又放心不下，经常出去看她。我住的朗润园小山重叠，林深树茂，应该说是猫的天堂。可是咪咪硬是不走，总卧在我住宅周围。我有时晚上打手电出来找她，在临湖的石头缝中往往能发现白色的东西，那是咪咪。见了我，她又咪噢直叫。她眼睛似乎有了病，老是泪汪汪的。她的泪也引起了我的泪，我们相对而泣。

我这样一个走遍天涯海角饱经沧桑的垂暮之年的老人，竟为这样一只小猫而失神落魄，对别人来说，可能难以解释，但对我自己来说，却是很容易解释的。从报纸上看到，定居台湾的老友梁实秋先生，在临终前念念不忘的是他的猫。我读了大为欣慰，引为“同志”，这也可以说是“猫坛”佳话吧。我现在再也不硬充英雄好汉了，我俯首承认我是多愁善感的。咪咪这样一只小猫就戳穿了我这一只“纸老虎”。我了解到了自己的本来面目，并不感到有什么难堪。

现在，我正在香港讲学，住在中文大学会友楼中。此地背山面海，临窗一望，海天混茫，水波不兴，青螺数点，帆影一片，风光异常美妙，园中有四时不谢之花、八节长春之草，兼又有主人盛情款待，我心中此时乐也。然而我却常有“山川信美非吾土”之感，我怀念北京燕园中我的家人，我的朋友，我的书房，我那堆满书案的稿子。我想到北国就要千里冰封、万里雪飘，“马后桃花马前雪，教人哪得不回头？”我归心似箭，决不会“回头”。特别是当我想到咪咪时，我仿佛听到她的咪噢的哀鸣，心里颤抖不停，想立刻插翅回去。小猫吃不到我亲手给她的鱼肉，也许大惑不解：“我的主人哪里去了呢？”猫们不会理解人们的悲欢离合。我庆幸她不理解，否则更会痛苦了。好在我留港时间即将结束，我不久就能够见到我的家人，我的朋友。燕园中又多了一个我，咪咪会特别高兴的，她的病也许会好了。北望云天万里，我为咪咪祝福。

1988 年 11 月 8 日写于香港中文大学会友楼

1996 年 1 月 2 日重抄于北大燕园

咪咪二世

凌晨四时，如在冬天，夜气犹浓，黑暗蔽空。我起床，打开电灯，拉开窗帘，玻璃窗外窗台上两股探照灯似的红光正对准我射过来。我知道，小猫咪咪二世已等我给她开门了。

我连忙拿起手电筒，开门，走到黑暗的楼道里，用电筒对着黑暗的门外闪上两闪。立即有一股白烟似的东西，窜到我的脚下，用浑身白而长的毛蹭我的腿，用嘴咬我的裤腿，用软软的爪子挠我的脚，使我步都迈不开。看样子真好像是多年未见了。实际上昨天晚上我才开门放她出去的。进屋以后，我给她极小一块猪肝或牛肉。她心满意足了，跳上电冰箱的顶，双眼一眯，呼噜呼噜念起经来了。

多少年来，我一日之计就是这样开始的。

咪咪就完了，为什么还要加上“二世”？原来我养过一只纯白的波斯猫。后来寿限已到，不知道寿终什么寝了。她的名字叫咪咪。她的死让我非常悲哀，我发誓要找一只同样毛长尾粗的波斯猫。皇天不负有心人，后来果然找到了。为了区别于她的前任，我仿效秦始皇的办法，命名为“二世”。是不是也蕴含着一点传之万世而无穷的意思呢？没有。咪咪和我都没有秦始皇那样的雄才大略。

不管怎样，咪咪二世已经成了我每天的不太多的喜悦的源泉。在白天，我看书写作一疲倦，就往往到楼外小山下池塘边去散一会儿步。这时候，忽然出我意料，又有一股白烟从草丛里，从野花旁，蓦地窜了出来，用长而白的毛蹭我的腿，用嘴咬我的裤腿，用软软的爪子挠我的脚，使我步都迈不开。我努力迈步向前走，她就跟在我身后，陪我散步，山上，池边，我走到哪里，她跟到哪里。据有经验的老人说，只有狗才跟人散步，猫是决不肯干的。可是我们的咪咪二世却敢于打破猫们的旧习，成为猫世界的“叛逆的女性”。于是，小猫跟季羡林散步，就成为燕园的一奇。可惜宣传跟不上；否则，这一奇景将同英国王宫卫队换岗一样，名扬世界了。

1993年12月13日

喜鹊窝

我是乡下人。小时候在乡下住过几年。乡下，树多，鸟多，树上的鸟窝多。秋冬之际，树上的叶子落光，抬头就能看到高树顶上的许多鸟窝，宛如一个个的黑色蘑菇。

但是，我同许多乡下人一样，对鸟并不特别感兴趣。我感兴趣的是昆虫中的知了（我们那里读如 jie liu，也就是蝉），在水族中是虾。夏天晚上，在场院里乘凉，在大柳树下，用麦秸点上一把火。赤脚爬上树去，用力一摇晃，知了便像雨点似的纷纷落下。如果嫌热，就跳到苇坑里，在苇丛中伸手一摸，就能摸到一些个儿不小的虾，带着双夹，齐白石画的就是这一种虾。

鸟却不能带给我这样的快乐，我有时甚至还感到厌烦。麻雀整天喳喳乱叫，还偷吃庄稼。乌鸦穿一身黑色的晚礼服，名声一向不好，乡下人总把它同死亡联系起来，“哇！哇！”两声，叫得人身上起鸡皮疙瘩。只有喜鹊沾了“喜”字的光，至少不引起人们的反感。那时候，乡下人饿着肚皮，又不是诗人，哪里会有什么闲情雅兴来欣赏鸟的鸣声呢？连喜鹊“喳，喳”的叫声也不例外。我虽然只有几岁，乡下人的偏见我都具备。只有一件事现在回想起来还能聊以自慰：我从来没有爬上树去掏喜鹊的窝。

后来我到了城里，变成了城里人。初到的时候，我简直像是进入迷宫。这么多人，这么多车，这么多商店，这么多大街小巷。我吃惊得目瞪口呆。有一年，母亲在乡下去世了，我回家奔丧。小时候的大娘、大婶见了我就问：

“寻（读若 xín）了媳妇没有？”

这问题好回答。我敬谨答曰：

“寻了。”

“是一个庄上的吗？”

我一时语塞，知道乡下人没有进过城，他们不知道城里不是村庄。想解释一下，又怕三言两语说不清楚，最终还是弄一个“丈二和尚，摸不着头脑”。我一时灵机一动，采用了鲁迅先生的办法，含糊答曰：

“唔！唔！”

谁也不知道“唔！唔！”是甚么意思。妙就妙在谁也不知道是甚么意思。乡下的大娘、大婶不是哲学家，不懂什么逻辑思维，她们不“打破砂锅问到底”。我的口试就算及了格。

这一件小事虽小，它却充分说明了乡下人和城里人的思维和情趣是多么不同。回头再谈鸟儿。城里不是鸟的天堂。除了麻雀以外，别的鸟很少见到。常言道：物以稀为贵。于是城里的鸟就“贵”起来了，城里一些人对鸟也就有了感情。如果碰巧能看到高树顶端上的鸟窝，那简直是一件稀罕事儿。小孩子会在树下面拍手欢跳。

中国古代的诗人，虽然有的出生在乡下，但是科举，当官一定是在城里。既然是诗人，感情定是十分细腻。这种细腻表现在方方面面，也表现在对鸟，特别是对鸟鸣的喜爱上。这样的诗句，用不着去查书，一回想就能够想到一大堆。“鸟鸣山更幽”，“月出惊山鸟，时鸣春涧中”，“两个黄鹂鸣翠柳，一行白鹭上青天”，“荡胸生层云，决眦入归鸟”，“人归山郭暗，雁下芦洲白”，“微雨霭芳原，春鸠鸣何处”，“空山百鸟散还合，万里浮云阴且晴。嘶酸雏雁失群夜，断绝胡儿恋母声”，“川为静其波，鸟亦罢其鸣”等等，用不着再多举了。中国古代诗人对鸟和鸟鸣感情之深概可想见了。

只有陶渊明的一句诗，我觉得有点怪。“犬吠深巷中，鸡鸣桑树巅。”鸡飞上树去高声鸣叫，我确实没有见过。“鸡鸣桑树巅”，这一句话颇为突兀。难道晋朝江西的鸡真有飞到桑树顶上去高叫的脾气吗？

不管怎样，中国古代诗人对鸟及其鸣声特别敏感，已是一个彰明昭著的事实。再看一看西方文学，不能不感到其间的差别。西方诗歌中，除了云雀和夜莺外，其他的鸟及其鸣声似乎很少受诗人的垂青。这里面是否也含有很深的审美情趣的差别呢？是否也含有东西方诗人，再扩而大之是一般人之间对大自然的关系的差别呢？姑妄言之。

我绕弯子说了半天，无非是想说中国的城里人对鸟比较有感情而已。我这个由乡下人变为城里人的人，也逐渐爱起鸟来。可惜我半辈子始终是在大城市里转，在中国是如此，在德国和瑞士仍然是如此。空有爱鸟之心，爱的对象却难找到，在心灵深处难免感到惆怅。

一直到四十多年前，我四十多岁了，才从沙滩——真像是一片沙漠——搬到风光旖旎林木蓊郁的燕园里来。这里虽处城市，却似乡村，真正是鸟的天堂。我又能看到鸟了；不是一只，而是成群；不是一种，而是多种；不但看到它们飞，而且听到它们叫；不但看到它们在草地上蹦跳，而且看到高树顶上搭窝。我真是顾而乐之，多年干涸的心灵似乎又注入了一股清泉。

在众多的鸟中，给我印象最深、我最喜爱的还是喜鹊。在我住的楼前，沿着湖畔，有一排高大的垂柳，在马路对面则是一排高耸入云的杨树。楼西和楼后，小山下面，有几棵高大的榆树，小山上有一棵至少有六七百年的古松。可以说我们的楼是处在绿色丛中。我原住在西门洞的二楼上，书房面西，正对着那几棵榆树。一到春天，喜鹊和其他鸟的叫声不停。喜鹊不知道是通过什么方式，大概是既无父母之命，也没有媒妁之言，自由恋爱，结成了情侣，情侣不停地在群树之间穿梭飞行，嘴里往往叼着小树枝，想到什么地方去搭窝。我天天早上最大的乐趣就是看喜鹊们箭似的飞翔，喳喳地欢叫，往往能看上、听上半天。

有一天，完全出我的意料，然而又合乎我的心愿，窗外大榆树上有一团黑色的东西，我豁然开朗：这是喜鹊在搭窝。我现在不用出门就能够看到喜鹊窝了，乐何如之。从此我的眼睛和耳朵完全集中到这一对喜鹊和它们的窝上，其他的鸟鸣声仿佛都不存在了。每次我看书写作疲倦了，就向窗外看一看。一看到喜鹊窝就像郑板桥看到白银那样，“心花怒放，书画皆佳”。我的灵感风起云涌，连记忆力都仿佛是变了样子，大有过目不忘之概了。

光阴流转，转瞬已是春末夏初。窝里的喜鹊小宝宝看样子已经成长起来了。每当刮风下雨，我心里就揪成一团，我很怕它们的窝经受不住风吹雨打。当我看到，不管风多么狂，雨多么骤，那一个黑蘑菇似的窝仍然固若金汤，我的心就放下了。我幻想，此时喜鹊妈妈和喜鹊爸爸正在窝里伸开了翅膀，把小宝宝遮盖得严严实实，喜鹊一家正在做着甜美的梦，梦到燕园风和日丽；梦到燕园花团锦簇；梦到小虫子和小蚱蜢自己飞到窝里来，小宝宝食用不尽；梦到湖光塔影忽然移到了大榆树下面……

这一切原本都是幻影，然而我却泪眼模糊，再也无法幻想下去了。我从小失去了慈母，失去了母爱。一个失去了母爱的人，必然是一个心灵不完整或不正常的人。在七八十年的漫长时期中，不管是什么时候，也不管我是在什么地方，只要提到了失去母爱，失去母亲，我必然立即泪水盈眶。对人是如此，对鸟兽也是如此。中国古人常说“终天之恨”，我这真正是“终天之恨”了，这个恨只能等我离开人世才能消泯，这是无可怀疑的了。中国古诗说“劝君莫打三春鸟，子在巢中待母归”，真是蔼然仁者之言，我每次暗诵，都会感到心灵震撼的。

但是，天有不测风云，鸟有旦夕祸福。正当我为这一家幸福的喜鹊感到幸福而自我陶醉的时候，祸事发生了。一天早上，我坐在书桌前，真是无巧不成书，我一抬头正看到一个小男孩赤脚爬上了那一棵榆树，伸手从喜鹊窝里把喜鹊宝宝掏了出来。掏了几只，我没有看清，不敢瞎说。总之是掏走了。只看这一个小男孩像猿猴一般，转瞬跳下树来，前后也不过几分钟，手里抓着小喜鹊，消逝得无影无踪了。我很想下楼去干预一下；但是一想到在浩劫中我头上戴的那一摞可怕的沉重的帽子，都还在似摘未摘之间，我只能规规矩矩，不敢乱说乱动。如果那一个小男孩是工人的孩子，那岂不成了“阶级报复”了吗！我吃了老虎心、豹子胆，也不敢动一动呀。我只有伏在桌上，暗自啜泣。

完了，完了，一切全完了。喜鹊的美梦消失了，我的美梦也消失了。我从此抑郁不乐，甚至不敢再抬头看窗外的大榆树。喜鹊妈妈和喜鹊爸爸的心情我不得而知。它们痛失爱子，至少也不会比我更好过。一连好几天，我听到窗外这一对喜鹊喳喳哀鸣，绕树千匝，无枝可依。我不忍再抬头看它们。不知什么时候，这一对喜鹊不见了。它们大概是怀着一颗破碎的心，飞到什么地方另起炉灶去了。过了一两年，大榆树上的那一个喜鹊窝，也由于没加维修，鹊去窝空，被风吹得无影无踪了。

我却还并没有死心，那一棵大榆树不行了，我就寄希望于其他树木。喜鹊们选择搭窝的树，不知道是根据什么标准。根据我这个人的标准，我觉得，楼前，楼后，楼左，楼右，许多高大的树都合乎搭窝的标准。我于是就盼望起来，年年盼，月月盼，盼星星，盼月亮，盼得双眼发红光。一到春天，我出门，首先抬头往树上瞧，枝头光秃秃的，什么东西也没有。我有时候真有点发急，甚至有点发狂，我想用眼睛看出一个喜鹊窝来。然而这一切都白搭，都徒然。

今年春天，也就是现在，我走出楼门，偶尔一抬头，我在上面讲的那一棵大榆树上，在光秃秃的枝干中间，又看到一团黑糊糊的东西。连年来我老眼昏花，对眼睛已经失去了自信力，我在惊喜之余，连忙擦了擦眼，又使劲瞪大了眼睛，我明白无误地看到了：是一个新搭成的喜鹊窝。我的高兴是任何语言文字都无法形容的。然而福不单至。过了不久，临湖的一棵高大的垂柳顶上，一对喜鹊又在忙忙碌碌地飞上飞下，嘴里叼着小树枝，正在搭一个窝。这一次的惊喜又远远超过了上一回。难道我今生的华盖运真已经交过了吗?

当年爬树掏喜鹊窝的那一个小男孩，现在早已长成大人了吧。他或许已经留了洋，或者下了海，或者成了“大款”。此事他也许早已忘记了。我潜心默祷，希望不要再出这样一个孩子，希望这两个喜鹊窝能够存在下去，希望在燕园里千百棵大树上都能有这样黑蘑菇似的喜鹊窝，希望在这里，在全中国，在全世界，人与鸟都能和睦融洽像一家人一样生活下去，希望人与鸟共同造成一个和谐的宇宙。

1994年2月25日

一条老狗

自己也不知道是什么原因，我总会不时想起一条老狗来。在过去七十年的漫长的时间内，不管我是在国内，还是在国外，不管我是在亚洲、在欧洲、在非洲，一闭眼睛，就会不时有一条老狗的影子在我眼前晃动，背景是在一个破破烂烂篱笆门前，后面是绿苇丛生的大坑，透过苇丛的疏稀处，闪亮出一片水光。

这究竟是怎么一回事呢？

无论用多么夸大的词句，也决不能说这一条老狗是逗人喜爱的。它只不过是一条最普普通通的狗，毛色棕红，灰暗，上面沾满了碎草和泥土，在乡村群狗当中，无论如何也显不出一点特异之处，既不凶猛，又不魁梧。然而，就是这样一条不起眼儿的狗却揪住了我的心，一揪就是七十年。

因此，话必须从七十年前说起。当时我还是一个不谙世事的毛头小伙子，正在清华大学读西洋文学系二年级。能够进入清华园，是我平生最满意的事情，日子过得十分惬意。然而，好景不长。有一天，是在秋天，我忽然接到从济南家中打来的电报，只有四个字：

“母病速归。”我仿佛是劈头挨了一棒，脑筋昏迷了半天。我立即买好了车票，登上开往济南的火车。

我当时的处境是，我住在济南叔父家中，这里就是我的家，而我母亲却住在清平官庄的老家里。整整十四年前，我六岁的那一年，也就是1917年，我离开了故乡，也就是离开了母亲，到济南叔父处去上学。我上一辈共有十一位叔伯兄弟，而男孩却只有我一个。济南的叔父也只有一个女孩，于是在表面上我就成了一个宝贝蛋。然而真正从心眼里爱我的只有母亲一人，别人不过是把我看成能够传宗接代的工具而已。这一层道理一个六岁的孩子是无法理解的。可是离开母亲的痛苦我却是理解得又深又透的。到了济南后第一夜，我生平第一次不在母亲怀抱里睡觉，而是孤身一个人躺在一张小床上，我无论如何也睡不着，我一直哭了半夜。这是怎么一回事呀！为什么把我弄到这里来了呢？“遥怜小儿女，未解忆长安”，母亲当时的心情，我还不会去猜想。现在追忆起来，她一定会是肝肠寸断，痛哭决不止半夜。现在，这已成了一个万古之谜，永远也不会解开了。

从此我就过上了寄人篱下的生活。我不能说，叔父和婶母不喜欢我，但是，我唯一被喜欢的资格就是，我是一个男孩。不是亲生的孩子同自己亲生的孩子感情必然有所不同，这是人之常情，用不着掩饰，更用不着美化。我在感情方面不是一个麻木的人，一些细微末节，我体会极深。常言道：没娘的孩子最痛苦。我虽有娘，却似无娘，这痛苦我感受得极深。我是多么想念我故乡里的娘呀！然而，天地间除了母亲一个人外有谁真能了解我的心情、我的痛苦呢？因此，我半夜醒来一个人偷偷地在被窝里吞声饮泣的情况就越来越多了。

在整整十四年中，我总共回过三次老家。第一次是在我上小学的时候，为了奔大奶奶之丧而回家的。大奶奶并不是我的亲奶奶；但是从小就对我疼爱异常。如今她离开了我们，我必须回家，这似乎是天经地义的事情。这一次我在家只住了几天，母亲异常高兴，自在意中。第二次回家是在我上中学的时候，原因是父亲卧病。叔父亲自请假回家，看自己共过患难的亲哥哥。这次在家住的时间也不长。我每天坐着牛车，带上一包点心，到离开我们村相当远的一个大地主兼中医的村里去请他，到我家来给父亲看病，看完再用牛车送他回去。路是土路，坑洼不平，牛车走在上面，颠颠簸簸，来回两趟，要用去差不多一整天的时间。至于医疗效果如何呢？那只有天晓得了。反正父亲的病没有好，也没有变坏。叔父和我的时间都是有限的，我们只好先回济南了。过了没有多久，父亲终于走了。一叔到济南来接我回家。这是我第三次回家，同第一次一样，专为奔丧。在家里埋葬了父亲，又住了几天。现在家里只剩下了母亲和二妹两个人。家里失掉了男主人，一个妇道人家怎样过那种只有半亩地的穷日子，母亲的心情怎样，我只有十一二岁，当时是难以理解的。但是，我仍然必须离开她到济南去继续上学。在这样万般无奈的情况下，但凡母亲还有不管是多么小的力量，她也决不会放我走的。可是她连一丝一毫的力量也没有。她一字不识，一辈子连个名字都没有能够取上，做了一辈子"季赵氏"。到了今天，父亲一走，她怎样活下去呢？她能给我饭吃吗？不能的，决不能的。

母亲心内的痛苦和忧愁，连我都感觉到了。最后她只能眼睁睁地看着自己最亲爱的孩子离开了自己，走了，走了。谁会知道，这是她最后一次看到自己的儿子呢？谁会知道，这也是我最后一次见到母亲呢？

回到济南以后，我由小学而初中，由初中而高中，由高中而到北京来上大学，在长达八年的过程中，我由一个浑浑沌沌的小孩子变成了一个青年人，知识增加了一些，对人生了解得也多了不少。对母亲当然仍然是不断想念的。但在暗中饮泣的次数少了，想的是一些切切实实的问题和办法。我梦想，再过两年，我大学一毕业，由于出身一个名牌大学，抢一只饭碗是不成问题的。到了那时候，自己手头有了钱，我将首先把母亲迎至济南。她才四十来岁，今后享福的日子多着哩。

可是我这一个奇妙如意的美梦竟被一张“母病速归”的电报打了个支离破碎。我现在坐在火车上，心惊肉跳，忐忑难安。哈姆莱特问的是“to be or not to be”，我问的是母亲是病了，还是走了？我没有法子求签占卜，可我又偏想知道个究竟，我于是自己想出了一套占卜的办法。我闭上眼睛，如果一睁眼我能看到一根电线杆，那母亲就是病了；如果看不到，就是走了。当时火车速度极慢，从北京到济南要走十四五个小时。就在这样长的时间内，我闭眼又睁眼反复了不知多次。有时能看到电线杆，则心中一喜。有时又看不到，心中则一惧。到头来也没能得出一个肯定的结果。我到了济南。

到了家中，我才知道，母亲不是病了，而是走了。这消息对我真如五雷轰顶，我昏迷了半晌，躺在床上哭了一天，水米不曾沾牙。

悔恨像大毒蛇直刺入我的心窝。在长达八年的时间内，难道你就不能在任何一个暑假内抽出几天时间回家看一看母亲吗？二妹在前几年也从家乡来到了济南，家中只剩下母亲一个人，孤苦伶仃，形单影只，而且又缺吃少喝，她日子是怎么过的呀！你的良心和理智哪里去了？你连想都不想一下吗？你还能算得上是一个人吗？我痛悔自责，找不到一点能原谅自己的地方。我一度曾想到自杀，追随母亲于地下。但是，母亲还没有埋葬，不能立即实行。在极度痛苦中我胡乱诌了一副挽联：

一别竟八载，多少次倚闾怅望，眼泪和血流，迢迢玉宇，高处寒否？

为母子一场，只留得面影迷离，入梦浑难辨，茫茫苍天，此恨曷极！

对仗谈不上，只不过想聊表我的心情而已。

叔父婶母看着苗头不对，怕真出现什么问题，派马家二舅陪我还乡奔丧。到了家里，母亲已经成殓，棺材就停放在屋子中间。只隔一层薄薄的棺材板，我竟不能再见母亲一面，我与她竟是人天悬隔矣。我此时如万箭钻心，痛苦难忍，想一头撞死在母亲棺材上，被别人死力拽住，昏迷了半天，才醒转过来。抬头看屋中的情况，真正是家徒四壁，除了几只破椅子和一只破箱子以外，什么都没有。在这样的环境中，母亲这八年的日子是怎样过的，不是一清二楚了吗？我又不禁悲从中来，痛哭了一场。

现在家中已经没了女主人，也就是说，没有了任何人。白天我到村内二大爷家里去吃饭，讨论母亲的安葬事宜。晚上则由二大爷亲自送我回家。那时村里不但没有电灯，连煤油灯也没有。家家都点豆油灯，用棉花条搓成灯捻，只不过是有点微弱的亮光而已。有人劝我，晚上就睡在二大爷家里，我执意不肯。让我再陪母亲住上几天吧。在茫茫百年中，我在母亲身边只住过六年多，现在仅仅剩下了几天，再不陪就真正抱恨终天了。于是二大爷就亲自提一个小灯笼送我回家。此时，万籁俱寂，宇宙笼罩在一片黑暗中，只有天上的星星在眨眼，仿佛闪出一丝光芒。全村没有一点亮光，没有一点声音。透过大坑里芦苇的疏隙闪出一点水光。走近破篱笆门时，门旁地上有一团黑东西，细看才知道是一条老狗，静静地卧在那里。狗们有没有思想，我说不准，但感情的确是有的。这一条老狗几天来大概是陷入困惑中：天天喂我的女主人怎么忽然不见了？它白天到村里什么地方偷一点东西吃，立即回到家里来，静静地卧在篱笆门旁。见了我这个小伙子，它似乎感到我也是这家的主人，同女主人有点什么关系，因此见到了我并不咬我，有时候还摇摇尾巴，表示亲昵。那一天晚上我看到的就是这一条老狗。

我孤身一个人走进屋内，屋中停放着母亲的棺材。我躺在里面一间屋子里的大土炕上，炕上到处是跳蚤，它们勇猛地向我发动进攻。我本来就毫无睡意，跳蚤的干扰更加使我难以入睡了。我此时孤身一人陪伴着一具棺材。我是不是害怕呢？不的，一点也不。虽然是可怕的棺材，但里面躺的人却是我的母亲。她永远爱她的儿子，是人，是鬼，都决不会改变的。

正在这时候，在黑暗中外面走进来一个人，听声音是对门的宁大叔。在母亲生前，他帮助母亲种地，干一些重活，我对他真是感激不尽。他一进屋就高声说：“你娘叫你哩！”我大吃一惊：母亲怎么会叫我呢？原来宁大婶撞客了，撞着的正是我母亲。我赶快起身，走到宁家。在平时这种事情我是绝对不会相信的。此时我却是心慌意乱了。只听从宁大婶嘴里叫了一声：“喜子呀！娘想你啊！”我虽然头脑清醒，然而却泪流满面。娘的声音，我八年没有听到了。这一次如果是从母亲嘴里说出来的，那有多好啊！然而却是从宁大婶嘴里，但是听上去确实像母亲当年的声音。我信呢，还是不信呢？你不信能行吗？我胡里胡涂地如醉似痴地走了回来。在篱笆门口，地上黑黢黢的一团，是那一条忠诚的老狗。

我又躺在炕上，无论如何也睡不着了，两只眼睛望着黑暗，仿佛能感到自己的眼睛在发亮。我想了很多很多，八年来从来没有想到的事，现在全想到了。父亲死了以后，济南的经济资助几乎完全断绝，母亲就靠那半亩地维持生活，她能吃得饱吗？她一定是天天夜里躺在我现在躺的这一个土炕上想她的儿子，然而儿子却音信全无。她不识字，我写信也无用。听说她曾对人说过：“如果我知道一去不回头的话，我无论如何也不会放他走的！”这一点我为什么过去一点也没有想到过呢？古人说：“树欲静而风不止，子欲养而亲不待。”现在这两句话正应在我的身上，我亲自感受到了；然而晚了，晚了，逝去的时光不能再追回了！“长夜漫漫何时旦？”我却盼天赶快亮。然而，我立刻又想到，我只是一次度过这样痛苦的漫漫长夜，母亲却度过了将近三千次。这是多么可怕的一段时间啊！在长夜中，全村没有一点灯光，没有一点声音，黑暗仿佛凝结成为固体，只有一个人还瞪大了眼睛在玄想，想的是自己的儿子。伴随她的寂寥的只有一个动物，就是篱笆门外静卧的那一条老狗。想到这里，我无论如何也不敢再想下去了；如果再想下去的话，我不知道会出现什么样的情况。

母亲的丧事处理完，又是我离开故乡的时候了。临离开那一座破房子时，我一眼就看到那一条老狗仍然忠诚地趴在篱笆门口。见了我，它似乎预感到我要离开了，它站了起来。走到我跟前，在我腿上擦来擦去，对着我尾巴直摇。我一下子泪流满面，我知道这是我们的永别，我俯下身，抱住了它的头，亲了一口。我很想把它抱回济南。但那是绝对办不到的。我只好一步三回首地离开了那里，眼泪向肚子里流。

到现在这一幕已经过去了七十年。我总是不时想到这一条老狗。女主人没了，少主人也离开了，它每天到村内找点东西吃，究竟能够找多久呢？我相信，它决不会离开那个篱笆门口的，它会永远趴在那里的，尽管脑袋里也会充满了疑问。它究竟趴了多久，我不知道，也许最终是饿死的。我相信，就是饿死，它也会死在那个破篱笆门口，后面是大坑里透过苇丛闪出来的水光。

我从来不信什么轮回转生；但是，我现在宁愿信上一次。我已经九十岁了，来日苦短了。等到我离开这个世界以后，我会在天上或者地下什么地方与母亲相会，趴在她脚下的仍然是这一条老狗。

2001.5.2 写定

辑三

偶尔向生活请个假

“一张一弛，文武之道也。”会工作，还要会休息，
处理好工作与休息的辩证关系，紧张而又有节奏地生活下去，工作下去。

《我是怎样研究起梵文来的》

火车上观日出

在晨光熹微中，我走出了卧铺车厢，走到了列车的走廊上。猛一抬头，我的全身连我的内心立刻激烈地震动了一下：东方正有一抹胭脂似的像月芽一般的红彤彤的东西腾涌出来。这是即将升起的朝阳，我心里想。

我年逾古稀，平生看日出多矣。有的是我有意去寻求的，比如泰山观日。整整五十年前，当时我还是一个青年小伙子，正在济南一个中学里教书。在旧历八月中秋，我约了两个朋友，从济南乘火车到泰安。当天下午我们就上了山。我只有二十三岁，正是精力旺盛的时候，我大跨步走过斗姆宫、快活三里、五大夫松，一气登上了南天门，丝毫也没有感到什么吃力，什么惊险。此时正是暮色四垂，阴影布上群山的时候，四顾寂无一人，万古的沉寂压在我们身上。在一个鸡毛小店里住了一夜。第二天，摸黑起来，披上店里的棉被，登上玉皇顶。此时东天逐渐苍白。我瞪大了眼睛，连眨眼都不敢，盼望奇迹的出现。可是左等右等，我等待的奇迹太阳只是不露面。等到东天布满了一片红霞时，再仔细一看，朝阳已经像一个红色的血球，徘徊于片片的白云中，原来太阳早已经出来了。

从那以后，过了四十多年，到了八十年代初，我第一次登上了“归来不看岳”的黄山。在北海住了三天。我曾同小泓摸黑起床，赶到一座小山顶上，那里已经黑压压地挤满了人。我们好不容易挤了上去，在人堆里争取了一块容身之地，静下心来，翘首东望，恭候日出。东天原来是灰蒙蒙一片，只是比西方、南方、北方稍微显得白了亮了一点。但是，一转瞬间，亮度逐渐增高，由淡白转成了淡红，再由淡红转成了浓红，一片霞光照亮东天。再一转瞬，一芽红痕突然涌出，红痕慢慢向上扩大，由一点到一线，由一线到一片，一轮又圆又红的球终于跳出来了。

就这样，我在泰山和黄山这两个在全中国甚至全世界都以能观日出而声名远扬的名山上，看到了日出。是我自己处心积虑一意追求而得来的。

我现在是在火车上，既非泰山，也非黄山。我做梦也没有想到会同观赏日出联系起来，我一点寻求的意思也没有。然而，仿佛眼前出现了奇迹：摆在我眼前的是不折不扣的日出。我内心的震惊不是完全很自然的吗？

这样的日出，从来没有听人说观赏过，连听人谈到过都没有。它同以前处心积虑一意追求看到的不一样，完完全全地不一样。不管在泰山，还是在黄山，我都是静止不动的。太阳虽然动，也只是在一个地方动，她安详自在，慢条斯理，威严端重，不慌不忙。她在我眼中是崇高的化身，是威仪的重现。正像印度大诗人泰戈尔每天早晨对着朝阳沉思默祷那样，太阳在我眼中也是神圣不可侵犯的。

然而现在却是另一番景象。火车风驰电掣，顷刻数里，一刻也不停。而太阳也是一刻也不停，穷追不舍。她仿佛是率领着白云、朝霞、沧海、苍穹，仿佛率领着她那些如云的随从，追赶着火车，追赶着车上的我，过山，过水，过森林，过小村。有时候我甚至看到她鬓云凌乱，衣冠不整。原来的端庄威严，安详自在，一点影子都没有了。是她在处心积虑，一意追求，追求着火车上的我，一定要我观看她的出现。此时我的心情简直是用任何言语也形容不出来了。

太阳一方面穷追不舍，一方面自己在不停地变幻。最初我只看到在淡红色的云堆中慢慢地涌出了一点红色月芽似的东西。月芽逐渐扩大，扩大，扩大，最初的颜色像是朱砂，眼睛能够直视。但是，随着体积的逐渐扩大，朱砂逐渐变为黄金，光芒越来越亮，到了最后，辉光焜耀，谁要是再想看她，她的光芒就要刺他眼睛了。等到太阳高高升起的时候，她在天空里俯视大地，俯视火车，俯视火车中的我，她又恢复了她那端庄威严，安详自在的神态，虽然是仍然跟着火车走，却再也没有那种仓促急忙的样子了。

这短短的车上观日出的经历，对我来说，简直像是一次神秘的天启。它让我暂时离开了尘世，离开了火车，甚至离开了我自己。我体会到变中有不变，不变中又有变；我体会到变化与速度的交互融合，交互影响。这种体会，我是无法说清楚的。等我回到车厢内的时候，人们还在熟睡未醒。我仿佛怀着独得之秘，静静地坐在那里，回想刚才的一切，余味犹甘。一团焜耀的光辉还留在我的心中。

1984 年 10 月 17 日在烟台写初稿

1992 年 7 月 10 日在北京写定稿

琼楼玉宇，高处不胜寒

阿格拉是有名的地方，有名就有在泰姬陵。世界舆论说，泰姬陵是不朽的，它是世界上多少多少奇之一。而印度朋友则说："谁要是来到印度而不去看泰姬陵，那么就等于没有来。"

我前两次访问印度，都到泰姬陵来过，而且两次都在这里过了夜。我曾在朦胧的月色中来探望过泰姬陵。整个陵寝在月光下幻成了一个白色的奇迹。我也曾在朝暾的微光中来探望过泰姬陵，白色大理石的墙壁上成千上万块的红绿宝石闪出万点金光，幻成了一个五光十色的奇迹。总之，我两次都是名副其实地来到了印度。这一次我也决心再来；否则，我的三访印度，在印度朋友心目中就成了两访印度了。

同前两次一样，这一次也是乘汽车来的。车子下午从德里出发，一直到黄昏时分，才到了阿格拉。泰姬陵的白色的圆顶已经混入暮色苍茫之中。我们也就在苍茫的暮色中找到了我们的旅馆。从外面看上去，这旅馆砖墙剥落，宛如年久失修的莫卧儿王朝的废宫。但是里面却是灯光明亮，金碧辉煌，完全是另一番景象。房间都用与莫卧儿王朝有关的一些名字标出，使人一进去，就仿佛到了莫卧儿王朝；使人一睡下，就能够做起莫卧儿的梦来。

我真的做了一夜莫卧儿的梦。第二天一大早，我们就赶到泰姬陵门外。门还没有开。院子里，大树下，弥漫着一团雾气，掺杂着淡淡的花香。夜里下过雨，现在还没有晴开。我心里稍有懊恼之意：泰姬陵的真面目这一次恐怕看不到了。

但是，突然间，雨过天晴云破处，流出来了一缕金色的阳光，照在泰姬陵的圆顶上，只照亮一小块，其余的地方都暗淡无光，独有这一小块却亮得耀眼。我们的眼睛立刻明亮起来：难道这不就是泰姬陵的真面目吗?

我们走了进去，从映着泰姬陵倒影的小水池旁走向泰姬陵，登上了一层楼高的平台，绕着泰姬陵走了一周，到处瞭望了一番。平台的四个角上，各有一座高塔，尖尖地刺入灰暗的天空。四个尖尖的东西，衬托着中间泰姬陵的圆顶那个圆圆的东西，两相对比，给人一种奇特的美。我想不出一个适当的名词来表达这种美，就叫它几何的美吧。后面下临阎牟那河。河里水流平缓，有一个不知什么东西漂在水里面，一群秃鹫和乌鸦趴在上面啄食碎肉。秃鹫们吃饱了就飞上栏杆，成排地蹲在那里休息，傲然四顾，旁若无人。

我们就带着这些斑驳陆离的印象，回头来看泰姬陵本身。我怎样来描述这个白色的奇迹呢？我脑筋里所储存的一切词汇都毫无用处。我从小念的所有的描绘雄伟的陵墓的诗文，也都毫无用处。“碧瓦初寒外，金茎一气旁。山河扶绣户，日月近雕梁。”多么雄伟的诗句呀！然而，到了这里却丝毫也用不上。这里既无绣户，也无雕梁。这陵墓是用一块块白色大理石堆砌起来的。但是，无论从远处看，还是从近处看，却丝毫也看不出堆砌的痕迹，它浑然一体，好像是一块完整的大理石。多少年来，我看过无数的泰姬陵的照片和绘画；但是却没有看到有任何一幅真正的照出、画出泰姬陵的气势来的。只有你到了泰姬陵跟前，站在白色大理石铺的地上，眼里看到的是纯白的大理石，脚下踩的是纯白的大理石；陵墓是纯白的大理石，栏杆是纯白的大理石，四个高塔也是纯白的大理石。你被裹在一片纯白的光辉中，翘首仰望，纯白的大理石墙壁有几十米高，仿佛上达苍穹。在这时候，你会有什么样的感觉，我不知道。反正我自己仿佛给这个白色的奇迹压住了，给这纯白的光辉网牢了，我想到了苏东坡的词："琼楼玉宇，高处不胜寒。"我自己仿佛已经离开了人间，置身于琼楼玉宇之中。有人主张，世界上只有阴柔之美与阳刚之美。把二者融合起来成为浑然一体的那种美，只应天上有。我眼前看到的就是这种天上的美。我完全沉浸在这种美的享受中，忘记了时间的推移。等到我从这琼楼玉宇中回转来时，已经是我们应该离开的时候了。

从泰姬陵到红堡是一条必由之路，我们也不例外。到了红堡，限于时间我们只匆匆地走了一转。莫卧儿王朝的这一座故宫，完全是用红砂岩筑成的。如果说泰姬陵是白色的奇迹的话，那么这里就是红色的奇迹。但是，我到了这里，最关心的却是一块小小的水晶。据说，下令修建泰姬陵的沙扎汗，晚年被儿子囚了起来。他本来还准备在阎牟那河这一边同河对岸泰姬陵遥遥相对的地方，修建一座完全用黑色大理石砌成的陵墓，如果建成的话，那将是一个不折不扣的黑色的奇迹。然而在这黑色的奇迹出现以前，他就失去了自由，成为自己儿子的阶下囚。他天天坐在红堡的一个走廊上，背对着泰姬陵，凝神潜思，忍忧含悲，目不转睛地注视着镶嵌在一个柱子上的那一块水晶，里面反映出整个泰姬陵的影像。月月如此，天天如此，这位孤独的老皇帝就这样度过了他的残生。

这个故事很有些浪漫气息，几百年来，也打动了千千万万好心人的心弦，滴下了无数的同情之泪。但是，我却是无泪可滴。我上一次来的时候，印度朋友曾告诉过我，就在这走廊下面那一片空地上，莫卧儿皇帝把囚犯弄了来，然后放出老虎，让老虎把人活活地吃掉。他们坐在走廊上怡然欣赏这一幕奇景。这样的人，即使被儿子囚了起来，我难道还能为他流下什么同情之泪吗？这样的人，即使对死去的爱姬有那么一点情意，这种情意还值得几文钱呢？我正在胡思乱想的时候，红堡城墙下长着肥大的绿叶子的树丛中，虎皮鹦鹉又吱吱喳喳叫了起来。这种鸟在中国是会被当作珍禽装在精致的笼子里来养育的。但是在阿格拉，却多得像麻雀。有那么一个皇帝，再加上这些吱吱喳喳的虎皮鹦鹉，我的游兴已经索然了。那些充满了浪漫气氛的故事对于我已经毫无吸引力了。

我走下了天堂，回到了现实。人间和现实是充满了矛盾的；但是它们又确实是美的。就是在阿格拉也并非例外。二十七年前，当我第一次到阿格拉来的时候，我在旅馆中遇到的一件小事，却使我忆念难忘。现在，当我离开了泰姬陵走下天堂的时候，我不由得又回忆起来。

我们在旅馆里看一个贫苦的印度艺人让小黄鸟表演识字的本领。又看另一个艺人让眼镜蛇与獴决斗。两个小动物都拼上命互相搏斗，大战了几十回合，还不分胜负。正在看得入神的时候，我瞥见一个印度青年在外面探头探脑。他的衣着不像一个学生，而像一个学徒工。我没有多加注意，仍然继续观战。又过了不知多少时候，我又一抬头，看到那个青年仍然站在那里，我立刻走出去。那个青年猛跑了几步，紧紧地抓住了我的手，我感觉到他的手有点颤抖。他递给我一个极小的小盒，透过玻璃罩可以看到，里面铺的棉花上有一粒大米。我真有点吃惊了。这一粒大米有什么意义呢？青年打开小盒，把大米送到我眼底下，大米上写着“印中友谊万岁”几个字，只能用放大镜才能看得清楚。他告诉我，他是一个学徒工，最热爱新中国，但却从来没有机会接触一个中国人。听说我们来了，他便带了大米来看我们。从早晨等到现在，中午早已过了。但是几次被人撵走。现在终于见到中国朋友了，他是多么兴奋啊！我接过了小盒，深深地被这个淳朴的青年感动了。我握住了他的手，心里面思绪万千，半天没有说出话来。我一直目送这个青年的背影消失在大街上熙熙攘攘的人群中，才转回身来。

泰姬陵是美的，是不朽的。然而，人们心里的真挚感情不是比泰姬陵更美，更不朽吗？上面说的这件小事，到现在，已经过了二十七年，在人的一生中，二十七年是一段漫长的时间，可是，不管我什么时候想起这件小事，那个学徒工的影像就栩栩如生地浮现在我的眼前。现在他大概都有四五十岁了吧。中间沧海桑田，世间多变。但是我却不相信，他会忘掉我，会忘掉中国，正如我不会忘掉他一样。据我看，这才是真正的美，真正的不朽。是美的、不朽的泰姬陵无法比拟的美，无法比拟的不朽。

1978 年

西双版纳礼赞

在北京的时候，我就常常想到西双版纳。每一想到，思想好像要插上翅膀，飞呀，飞呀，不知道要飞多久，飞多远，才能飞到祖国的这一个遥远的边疆地区。

然而，今天我到了西双版纳，却觉得北京就在我跟前。我仿佛能够嗅到北京的气味，听到北京的声音，看到北京的颜色；我的一呼、一吸、一举手、一投足，仿佛都与北京人共之。我没有一点辽远的感觉。这是什么原因呢？

这原因，我最初确是百思莫解。它对我仿佛是一个神秘的谜，我左猜右猜，无论如何也猜不透。

但是，我终于在无意中得到了答案。

有一天，我们在允景洪参观一个热带植物园。一群男女青年陪着我们。听他们的口音，都不是本地人：有的来自南京，有的来自上海，有的来自湖南，有的来自江苏。尽管故乡不同，方音各异，现在却和睦融洽地生活在一起，工作在一起。在浓黑的橡胶树荫里，在五彩缤纷的奇花异草的芳香中，这些青年兴致勃勃地给我们解释每一棵植物的名称、特点、经济价值。有一个女孩子，垂着一双辫子，长着一对又圆又大又亮的眼睛。双颊像苹果一般地红艳。她浑身洋溢着青春的活力，眼睛里闪烁着动人的光芒。她正巧走在我的身旁，我就同她闲谈起来：

“你是什么地方人呢？”

“福建厦门。”

“来了几年了？”

“五年了。”

“你不想家吗？”

女孩子嫣然一笑，把辫子往背后一甩，从容不迫地说道：

“哪里是祖国的地方，哪里就是我可爱的家乡。”

我的心一动。这一句话多么值得深思玩味呀。从这些男女青年的神情上来看，他们早已把西双版纳当做自己的家乡。而我自己虽然来到这里不久，也在不知不觉中把西双版纳当做自己的家乡了，我已经觉得它同北京没有什么差别了。

我曾不止一次地听日本朋友说到中国青年的眼睛特别亮，这个观察很细致。西双版纳的青年们，确实都像从厦门来的那个女孩子，眼睛特别明亮。这眼睛不但看到现在，而且看到将来；里面洋溢着蓬勃的热情、炽热的希望和美丽的幻想。

西双版纳是一个“黄金国”，是一个奇妙的地方，是一个能引起人们幻想的地方。到了这里，青年们的眼睛怎能不特别明亮呢？

就看看这里的树林吧。离开思茅不远，一进入西双版纳的原始密林，你就会为各种植物的那种无穷无尽、充沛旺盛的生命力所震惊。你看那参天的古树，它从群树丛中伸出了脑袋，孤高挺直，耸然而起，仿佛想一直长到天上，把天空戳上一个窟窿。大叶子的蔓藤爬在树干上，伸着肥大浓绿的胳臂，树多高，它就爬多高，一直爬到白云里去。一些像兰草一样的草本植物，就生长在大树的枝干上，骄傲地在空中繁荣滋长。大榕树劲头更大，一棵树就能繁衍成一片树林。粗大的枝干上长出了一条条的腿；只要有机会踏到地面上，它立刻就深深地牢牢地钻进去，仿佛想把大地钻透，任凭风多大，也休想动摇它丝毫。芭蕉的叶子大得惊人，一片叶子好像就能搭一个天棚，影子铺到地上，浓黑一团。总之，在这里，各种的树，各种的草，各种的花，生长在一起，纠缠在一起，长呀，长呀，长成堆，长成团，长成了一块，郁郁苍苍，浓翠欲滴，连一条蛇都难钻进去。

这里的水果蔬菜，也很惊人。一棵香蕉树能结成百上千只香蕉。肥大的木瓜，簇拥在一起，谁也不让谁；力量大的尽量扩大自己的身体，力量小的只好在夹缝中谋求生存。白菜一棵有几十斤重，拿到手里，像是满手翡翠。萝卜滚圆粗大，里面的汁水简直就要流了出来。大葱有的长得像小儿的胳臂，又白又嫩。其他的蔬菜无不肥嫩鲜美。我们初看到的时候，简直有点觉得它们大得浪费，肥得荒谬，瞠目结舌，不知道究竟应该说什么好了。

所有这一切从地里生长出来的东西，仿佛从大地的最深处带出来了一股丰盈充沛的生命活力，汹涌迸发，弥漫横溢。它在一切树木上，一切花草上，一切山之巅，一切水之涯，把这一片土地造成了美丽的地上乐园。

再说到这里的自然风光，那更是瑰丽奇伟。这里也可以说是有四季的；但却与北方不同，不是春夏秋冬，而是三个春季和一个夏季。我来到这里的时候，北方正是“千里冰封，万里雪飘”，这里却风和日暖，花气袭人，大概只能算是一个春季吧。我最爱这里的清晨。当一百只雄鸡的鸣声把我唤出梦境的时候，晓星未退，晨雾正浓。各种各样花草的香气，在雾中仿佛凝结了起来，成团成块，逼人欲醉。我最爱这里的月夜，月光像水一般从天空中泻下来，泻到芭蕉的大叶子上，泻到累累垂垂的木瓜上，泻到成丛的剑麻上，让一切都浸在清冷的银光中。芭蕉的门扇似的大叶子，剑麻的带锯齿的叶子，木瓜树的长圆的叶子，阴影投在地上，黑白分明，线条清晰。我最爱这里的白云。舒卷自如，变化万端，流动在群山深处，大树林中；流动在茅舍顶上，汽车轮下。它给森林系上腰带，给群峰戴上帽子。每当汽车驶入白云中的时候，下顾溪壑深处，白云仿佛变成了银桥，驮着汽车走向琼楼玉宇的天宫。我最爱这里的青山。簇簇拥拥，层层叠叠，身上驮满了万草千树，肚子里藏满了珍宝奇石，像是一条条翠绿的玉带，环绕着每一个坝子，千峰争秀，万壑竞幽。——我最爱这，我最爱那，我最爱的东西是数也数不完的。

现在这里不但获天时，有地利，最主要的还是得人和。在过去几千年的历史上，这里是有名的瘴疠地，也是有名的民族矛盾冲突的地方。许多古书上记载着一些有关此地的骇人听闻的事情，说这里的空气满含瘴气，呼吸不得；这里的水是毒泉，喝不得；许多美丽的花草也是有毒的，摸不得，嗅不得；森林里蚊子大得像蜻蜓，毒虫肥得像老鼠，简直把这里描绘成一个人间地狱。但是，今天的西双版纳却“换了人间”，完全是另一番景象，另一个天地了。所谓蛮烟瘴雨，早为光天化日所代替，初升的朝阳照穿了神秘的原始密林。花显得更香，叶显得更绿，果实蔬菜显得更肥更大，风光显得更美更妙。工厂里的白烟与山中的白云流在一起，分不清哪是烟，哪是云；人们的歌声与林中的鸟声汇在一起，分不清哪是歌声，哪是鸟声。许多外地的，甚至外国的植物在这里安了家；许多外地的人也在这里安了家。十几个语言不同、信仰不同、服装不同、风俗不同的民族聚居在一个村子里，和睦融洽地生活在一起，工作在一起，像是一个大家庭。现在这里真正够得上称做人间乐园了。

在这样一个地方，青年们的眼睛特别明亮，他们把自己的理想和前途，同祖国的前途，同这个地方的前途联系起来，把这个地方当做了自己的家乡，这也是很自然的事情了。

从前，在离开这里不远的思茅，流行着两句话：“要下思茅坝，先把老婆嫁。”但是，今天，我们这群来参观访问的人，都一致同意把它改成：“要到思茅来，先把老婆带。”我们兴奋地相约：十年后，二十年后，我们一定要再回西双版纳来。到了那时候，西双版纳不知道究竟会美丽奇妙到什么程度。我希望，到了那时候，我能够写出比现在好的礼赞来。

1962 年 8 月

访绍兴鲁迅故居

一转入那个地上铺着石板的小胡同，我立刻就认出了那一个从一幅木刻上久已熟悉了的门口。当年鲁迅的母亲就是在这里送她的儿子到南京去求学的。

我怀着虔敬的心情走进了这一个简陋的大门。我随时在提醒自己：我现在踏上的不是一个平常的地方。一个伟大的人物、一个文化战线上的坚强的战士就诞生在这里，而且在这里度过了他的童年。

对于这样一个人物，我从中学时代起就怀着无限的爱戴与向往。我读了他所有的作品，有的还不止一遍。有一些篇章我甚至能够背诵得出。因此，对于他这个故居我是十分熟悉的。今天虽然是第一次来到这里，我却感到我是来到一个旧游之地了。

房子已经十分古老，而且结构也十分复杂，不像北京的四合院那样，让人一目了然。但是我仍觉得这房子是十分可爱的。我们穿过阴暗的走廊，走过一间间的屋子。我们看到了鲁迅祖母给他讲故事的地方，看到长妈妈在上面睡成一个“大”字的大床，看到鲁迅抄写《南方草木状》用的桌子，也看到鲁迅小时候的天堂——百草园。这都是一些普普通通的东西和地方，一点也看不出有什么神奇之处。但是，我却觉得这都是极其不平常的东西和地方。这里的每一块砖、每一寸土、桌子的每一个角、椅子的每一条腿，鲁迅都踏过、摸过、碰过。我总想多看这些东西一眼，在这些地方多流连一会。

鲁迅早已离开这个世界了。他生前，恐怕也很久没有到这一所房子里来过了。但是，我总觉得，他的身影就在我们身旁。我仿佛看到他在百草园里拔草捉虫，看到他同他的小朋友闰土在那里谈话游戏，看到他在父亲严厉监督之下念书写字，看到他做这做那。

这个身影当然是一个小孩子的身影。但是，就是当鲁迅还是一个小孩子的时候，他那坚毅刚强的性格已经有所表露。在他幼年读书的地方三味书屋里，我们看到了他用小刀刻在桌子上的那一个“早”字。故事是大家都熟悉的：有一天，他不知道是什么原因，上学迟到了，受到了老师的责问。他于是就刻了这一个字，表示以后一定要来早。以后他就果然再没有迟到过。

这是一件小事。然而，由小见大，它不是很值得我们深思自省吗？

这坚毅刚强的性格伴随了鲁迅一生。“他没有丝毫的奴颜和媚骨”，他一生顽强战斗，追求真理。“横眉冷对千夫指，俯首甘为孺子牛。”他对人民是一个态度，对敌人是完全不同的另一个态度。谁读了这样两句诗，不深深地受到感动呢？现在我在这一间阴暗书房里看到这一个小小的“早”字，我立刻想到他那战斗的一生。在我心目中，他仿佛成了一块铁，一块钢，一块金刚石。刀砍不断，石砸不破，火烧不熔，水浸不透。他的身影突然大了起来，凛然立于宇宙之间，给人带来无限的鼓舞与力量。

同刻着“早”字的那一张书桌仅有一壁之隔，就是鲁迅文章里提到的那一个小院子。他在这里读书的时候，常常偷跑到这里来寻蝉蜕，捉苍蝇。院子确实不大，大概只有两丈多长、一丈多宽。墙角上长着一株腊梅，据说还是当年鲁迅在这里读书时的那一棵。按年岁计算起来，它的年龄应该有一百八十岁了。可是样子却还是年轻得很。梗干茁壮坚挺，叶子是碧绿碧绿的。浑身上下，无限生机；看样子，它还要在这里站上一千年。在我眼中，这一株腊梅也仿佛成了鲁迅那坚毅刚强的、威武不能屈、富贵不能淫的性格的象征。我从地上拾起了一片叶子，小心地夹在我的笔记本里。

把树叶夹在笔记本里，回头看到一直陪我们参观的闰土的孙子在对着我笑。我不了解他这笑是什么意思。也许是笑我那样看重那一片小小的叶子；也许是笑我热得满脸出汗。不管怎样，我也对他笑了一笑。我看他那壮健的体格，看他那浑身的力量，不由得心里就愉快起来，想同他谈一谈。我问他的生活情况和工作情况，他说都很好，都很满意。我这些问题其实都是多余的。从他那满脸的笑容、全身的气度来看，他生活得十分满意、工作得十分称心，不是很清清楚楚的吗？

我因此又想到他的祖父闰土。当他隔了许多年又同鲁迅见面的时候，他不敢再承认小时候的友谊，对着鲁迅喊了一声“老爷”。这使鲁迅打了一个寒噤。他给生活的担子压得十分痛苦，但却又说不出。这又使鲁迅吃了一惊。可是他的儿子水生和鲁迅的侄儿宏儿却非常要好。鲁迅于是大为感慨：他不愿意孩子们再像他那样辛苦展转而生活，也不愿意他们像闰土那样辛苦麻木而生活，也不愿意他们像别人那样辛苦恣睢而生活。他们应该有新的生活。

这样的生活鲁迅没有能够亲眼看到。但是，今天这新的生活却确确实实地成为现实了。他那老朋友闰土的孙子过的就是这样的新生活，是他们所未经生活过的。按年龄计算起来，鲁迅大概没有见到过闰土的这个孙子。但这是不重要的。重要的是，鲁迅一生为天下的“孺子”而奋斗，今天他的愿望实现了。这真是天地间一大快事。如果鲁迅能够亲眼看到的话，他会多么感到欣慰啊！

我从闰土的孙子想到闰土，从现在想到过去。今昔一比，恍若隔世。我眼前看到的虽然只是闰土的孙子的笑容；但是，在我的心里，却仿佛看到了普天下千千万万孩子们的笑容，看到了全国人民的笑容。幸福的感觉油然流遍了我的全身。我就带着这样的感觉离开了那一个我以前已经熟悉、今天又亲眼看到的门口。

1963 年 11 月 23 日写毕

忆日内瓦

扩大的日内瓦会议正在紧张地进行着。全世界爱好和平的人们的目光都集中到这一座世界名城上来。十几年前，我曾在那里住过。现在我的回忆的丝缕又不禁同这一座美妙绝伦的城市联系起来了。

我首先回忆到的就是日内瓦美丽的风光。大家都知道，瑞士全国就是一个花团锦簇的大花园，到处都可以看到明媚秀丽的山光水色，美不胜收，令人目不暇接。到过那里的人，自然会亲眼观察，亲身经历。连没有到过那里的人也会从画片上领略一二，聊当卧游。在全世界范围内，瑞士之美真可以说是家喻户晓，脍炙人口，看来用不着我在这里浪费笔墨加以描绘了。

我只想谈一点我的观察，我的体会。在我们国家里，一提到山水之美，肯定说是“青山”“绿水”。这对不对呢？当然是对的。因为这是我们从实际观察中得出来的结果。如果有人怀疑的话，有诗为证。用不着到处翻阅，仅就我记忆所及，就可以举出不少的例证来。唐代诗人韦应物的《东郊》里有这样两句话：“杨柳散和风，青山澹吾虑。”李白的《送友人》：“青山横北郭，白水绕东城。”杜甫的《奉济驿重送严公四韵》："远送从此别，青山空复情。"最全面的当然是王湾的《次北固山下》："客路青山下，行舟绿水前。"你看，"青山""绿水"这里全有了。如果还需要现在的例证的话，那就是毛主席的《送瘟神》。青和绿这两样颜色，确实能够概括中国山水之美。不管是阳朔，还是富春；不管是峨嵋，还是雁荡，莫不皆然。

然而，谈到瑞士的山水，我觉得，青和绿似乎就不够了。我小的时候，很喜欢看瑞士风景画片。几乎在每一张画片上，除了青和绿之外，都还可以看到一种介乎淡紫淡红淡黄之间的似浓又似淡的颜色。我当时颇不以为然，以为这是印画片的人创造出来的，实际上是不会存在的。但是，当我到了瑞士以后，我亲眼看到了这一种颜色，我的疑团顿消，只好承认它的存在了。在白皑皑的雪峰下面，在苍翠蓊郁的树林旁边，特别是在小湖的倒影中，有那么一层青中透紫的轻霭若隐若现地浮动在那里，比起纯粹的青和绿来，更是别有逸趣。如果有人想把这种颜色抓住，仔细加以分析研究，亲身走到山下林中去观察，那么他看到的只是树木山峰，"青霭入看无"，他什么也看不到的。

我不懂光学，我不知道这种颜色是怎样形成的。我只是觉得它很美。对我来说，我看这也就够了。中国古代诗文描绘山水，除了上面说到的青和绿外，也有用紫色的。王勃的《滕王阁序》里就有"烟光凝而暮山紫"这样的句子。住在北京的人黄昏时分看西山，也会发现紫的颜色。但是，这只限于黄昏时分。而在瑞士却不是这样。一日之内，只要有太阳，就能看到这一团紫气，人们几乎一整天都能够欣赏这种神奇的景色。

我虽然谈的是整个瑞士，实际上也就是谈日内瓦。不过有一条：在日内瓦城内，这景色是看不到的。一旦走进附近的山林中，却可以充分地尽情地享受这种奇丽的景色。我之所以特别喜欢日内瓦，这也是原因之一。

其他原因是什么呢？恐怕首先就是莱茫湖。我住在那里的时候，每天都是很早就起来。我的第一件工作就是到莱茫湖边去散步。湖这样大，水这样深，而且又清澈见底，在世界上其他国家确实是极罕见的。湖的对岸是高耸入云的雪峰，就是在夏天，上面的积雪也不融化，一片白皑皑的雪光压在这一座美丽的小城的上面，使人随时都想到"积雪浮云端"这样的诗句。而湖面的倒影，似乎比上面的对立面还更动人，比真实的东西还更真实，——白色显得更白，红色显得更红，绿色显得更绿，——这一些颜色混合起来，在波平如镜的湖面上，绘上了一幅绚烂多彩的图画。

在湖边漫步的时候，几乎每次都能够看到一两只或者三四只白色的天鹅，像纯白的军舰一样，傲然在湖里游来游去。据老日内瓦说，这些鹅都是野鹅，它们并不住在日内瓦，它们的家离开日内瓦还有上百里的路程。每天它们都以惊人的速度从那里游来；到了一定的时候，再游回去，天天如此。对我来说，这也是非常新鲜的事。我立即想到欧洲的许多童话，白鹅在里面是主人公，它们变成太子或者公主，做出许多神奇的事情。我面对着这样如画的湖山，自己也像是走进一个童话的王国里去了。

日内瓦的好地方多得很。这里有列宁读过书的地方，有卢梭的纪念碑，有整齐宽敞的街道，有五颜六色各式各样的楼房别墅，还有好客的瑞士人。这一切都是回忆的最好的资料。可惜我离开日内瓦时间已经太久了，到现在有点朦胧模糊。即使自己努力到记忆里去挖掘，有时候也只能挖出一些断片，联不成一个整体的东西了。

无论如何，日内瓦留给我的印象是非常美妙的，我自己也常常高兴回忆它。就算是只能回忆到一些断片吧，它们仍然能带给我一些快乐。

1961 年 6 月 4 日原作

1992 年 2 月 13 日重抄

（文章有删节）

火焰山下

从前读《西游记》，读到火焰山，颇震惊于那火势之剧烈。后来，听人说，火焰山影射的就是吐鲁番。可是吐鲁番我以前从未到过，没有亲身感受，对于火焰山我就只有幻想了。

万没有想到，我今天竟来到火焰山下。

火焰山果然名不虚传。在乌鲁木齐，夜里看电影，须要穿上棉大衣。然而，汽车从乌鲁木齐开出，开过达坂城，再往前走一段，一出天山山口，进入百里戈壁，迎面一阵热风就扑向车内，我们仿佛一下子落到蒸笼里面；而且是越走越热。中午到了吐鲁番县，从窗子里看出去，一片骄阳，闪耀在葡萄架上，葡萄的肥大的绿叶子好像在喘着气。有人告诉我，吐鲁番的炎热时期已经过去；我们来的前两天，气温是摄氏四十多度；今天已经“凉爽”得多了，只有三十九度。但是，从我自己的亲身感受中，同乌鲁木齐比较起来，吐鲁番仍然是名副其实的火焰山。

这让我立刻想到了非洲的马里。我曾在最热的时期访问过那个国家，气温是五十多度。我们被囚在有空调设备的屋子里，从双层的玻璃窗子看出去，院子里好像是一片火海。阳光像是在燃烧，不是像在吐鲁番一样燃烧在葡萄架上，而是燃烧在参天的芒果树上。芒果树也好像在喘着气。树下当然是有阴影的；但是连那些阴影看上去也决不给人以清凉的感觉，而仿佛是火焰的阴影。

我眼前的吐鲁番俨然就是第二个马里。

我们就在类似马里那样炎热的一个下午驱车近百里去探望高昌古城的遗址。

一走出吐鲁番县，又是百里戈壁，寸草不生，遍布砂粒，极目天际，不见人烟。阳光毫无遮拦地照射在这些砂粒上，每一粒都闪闪发光，仿佛在喷着火焰。远处是一列不太高的山，这就是那有名的火焰山。上面没有一点绿的东西，没有一点有生命的东西。石头全是赤红色的，从远处望过去，活像是熊熊燃烧着的火焰，这不是人间的火，也不是神话中的天堂里的火和地狱之火。这是火焰已经凝固了的火，纹丝不动，但却猛烈；光焰不高，但却团聚。整个天地，整个宇宙仿佛都在燃烧。我们就处在上达苍穹下抵黄泉的大火之中。

我从前读《西游记》，读到那一段关于火焰山的描绘，我只不过觉得好玩而已。书上描绘说，离开火焰山不远，房舍的瓦都是红的，门是红的，板榻也是红的，总之是一切都是红的，连卖切糕的人推的车子也是红的。那里“有八百里火焰，四周围寸草不生。若过得山，就是铜脑盖、铁身躯，也要化成汁哩”。八百里当然是夸大之词；但是在我眼前，整个山全是红的，周围寸草不生，这些全是实情。我现在毫无好玩的感觉。我只有一个渴望，一个十分迫切的渴望，渴望得到铁扇公主那一把芭蕉扇，用手一扇，火焰立刻熄灭，清凉转瞬降临。

我现在很不理解，为什么当年竟在这样一个地狱似的酷热的地方建筑了高昌城。唐朝的高僧玄奘到印度去求法，曾经路过高昌。《大慈恩寺三藏法师传》里面，对他在高昌的情况有细致生动的描绘。这里讲到了城门，讲到了王宫，讲到了王宫中的重阁，讲到了王宫旁边的道场。虽然没有讲到市廛的情况，但是有上述的那些地方，则王宫之外，必然是市廛林立，行人熙攘。每当黄昏时分，夜幕渐渐笼罩住大漠，黑暗弥漫于每一个角落，跋涉过千山万水，横绝大戈壁的商队迤逦入城，驼铃叮当，敲碎了黄昏的寂静。每一间黄土盖成的房子里也必然有淡黄的灯光流出，把窄窄的长街照得朦胧虚幻，若有若无……但是今天我们来到这里，早已面目全非，城市的轮廓大体可见，城门和街道历历可指。然而看到的却只有断壁颓垣，而且还不同于一般的断壁颓垣。这里根本没有砖瓦，所有的建筑——皇宫、佛寺、大厅、住宅，统统是黄土堆成。这种黄土坚硬似铁，历千年而不变，再加上这里根本很少下雨，因此这一座黄泥堆成的城才能保存到今天。我们今天看到的是一片淡黄，没有一棵树，没有一根草。“春风不度玉门关”，春天好像已经被锁在关内，这里与春天无份了。

在这里，我无论如何也想象不出，当年玄奘来到这里是什么情景。我想象不出，他是怎样同麹文泰会面，怎样同麹文泰的母亲会面的。他在这里住了一段时间，大概每天也就奔波于一片淡黄之中。麹文泰也像后来唐太宗一样想劝玄奘还俗。玄奘坚持不动，甚至以绝食至死相威胁，终于感动了麹文泰母子，放玄奘西行。这是多么热烈的人类生活的场面。然而今天这一些都到哪里去了呢？我一时忍不住发思古之幽情，前不见古人，后不见来者。但是我却并没有独怆然而泪下。在历史的长河中，人人都是这样，后之视今亦犹今之视昔。我丢开了这种幽情，抬眼四望，这一座黄土古城的断壁颓垣顿时闪出了异样的光辉。

第二天，我们又在同样酷热的天气中去凭吊交河古城。这座古城正处在同高昌相反的方向。从表面上看上去，它同高昌几乎没有什么不同之处：一样是黄土堆成的断壁颓垣，一样是寸草不生，一样是一片淡黄。“西风残照，汉家陵阙”，一样能引起人们的思古之幽情。但是，从环境上来看，却与高昌迥乎不同。“交河”这个名称就告诉我们，它是处在两河之交的地方。从残留的城墙上下望，峭壁千仞，下有清流，绿禾遍野，清泉潺湲。我从前读唐代诗人李颀的诗《古从军行》：“白日登山望烽火，黄昏饮马傍交河。行人刁斗风沙暗，公主琵琶幽怨多。野云万里无城郭，雨雪纷纷连大漠。胡雁哀鸣夜夜飞，胡儿眼泪双双落。”我无论如何也想象不出，交河究竟是什么样子。今天亲身来到交河，一目了然，胸无阻滞，我那思古之幽情反而慢慢暗淡下去，而对古人所说的“读万卷书，行万里路”由衷地钦佩起来了。

就这样，我在吐鲁番住了几天，两天看了两座历史上有名的古城。这两座名城同火焰山当然不一样，但是其炎热的程度却只能说是不相上下。我上面讲到的看到火焰山时的那一个渴望得到铁扇公主芭蕉扇的幻想，时时萦绕在我脑际，一刻也不想离去。然而我的理智却让我死心塌地地相信，那只是幻想，世界上哪里会有什么铁扇公主，哪里会有什么芭蕉扇？吐鲁番这地方注定是火焰山的天下了。

然而，到了黄昏时分，当我们凭吊完古城乘车回宾馆的时候，招待我们的主人提出来要到葡萄沟去转一转。我根本不知道，葡萄沟是什么样子。“去就去吧！”我在心里平静地想，我万万没有想到，在这个地方，在这个时候，能会出现什么奇迹。

可是，汽车转了几转，奇迹就在眼前出现了。两行参天的杨树整整齐齐地排在大路两旁，潺潺的水声透过杨树传了出来。浓密的葡萄架散布在小溪岸边，杨柳树下。这里绿意葱茏，浓荫四布。身上还感到有一些凉意。我一下子怔住了：我现在是在火焰山下吗？是不是真有人借来了铁扇公主的芭蕉扇把火焰扇灭了呢？我自凝神细看：绿杨葡萄，清泉潺湲，丝毫也不容怀疑。我来到葡萄沟了。

车子开上去，最后到了一座花园。园子里长满葡萄，小溪萦绕。山脚下有一个小池子，泉水从石缝中流出，其声清脆。有一群红色游鱼在池中摇摆着尾巴游来游去。我们坐在葡萄架下，品尝着有名的新疆葡萄。此时凉意渐浓，仿佛一下子从酷热的三伏来到凉爽的深秋，火焰山一下子变成了清凉世界。看来，铁扇公主的那一把芭蕉扇在唐代大概是缺少不了的。但是，到了今天，已经换了人间，这扇子就没有作用了。

新疆毕竟是一块宝地，有火焰山，也有葡萄沟，而葡萄沟偏偏就在火焰山下。这就是我们的吐鲁番，这就是我们的新疆。

1979 年 8 月 26 日在库车写成初稿

1980 年 4 月 22 日在北京修改完成

在敦煌

刚看过新疆各地的许多千佛洞，在驱车前往敦煌莫高窟千佛洞的路上，我心里就不禁比较起来：在那里，一走出一个村镇或城市，就是戈壁千里，寸草不生；在这里，一离开柳园，也是平野百里，禾稼不长；然而却点缀着一些骆驼刺之类的沙漠植物，在一片黄沙中绿油油地充满了生意，看上去让人不感到那么荒凉、寂寞。

我们就是走过了数百里这样的平野，最终看到一片葱郁的绿树，隐约出现在天际，后面是一列不太高的山岗，像是一幅中国水墨山水画。我暗自猜想：敦煌大概是来到了。

果然是敦煌到了。我对敦煌真可以说是“久仰大名，如雷贯耳”了。我在书里读到过敦煌，我听人谈到过敦煌，我也看过不知多少敦煌的绘画和照片。几十年梦寐以求的东西如今一下子看在眼里，印在心中，“相见翻疑梦”，我似乎有点怀疑，这是否是事实了。

敦煌毕竟是真实的。它的样子同我过去看过的照片差不多，这些我都是很熟悉的。此处并没有崇山峻岭，幽篁修竹，有的只不过是几个人合抱不过来的千岁老榆，高高耸入云天的白杨，金碧辉煌的牌楼，开着黄花、红花的花丛。放在别的地方，这一切也许毫无动人之处；然而放在这里，给人的印象却是沙漠中的一个绿洲，戈壁滩上的一颗明珠，一片淡黄中的一点浓绿，一个不折不扣的世外桃源。

至于千佛洞本身，那真是琳琅满目，美不胜收，五光十色，云蒸霞蔚。无论用多么繁缛华丽的语言文字，不管这样的语言文字有多少，也是无法描绘，无法形容的。这里用得上一句老话了：“只能意会，不能言传。”洞子共有四百多个，大的大到像一座宫殿，小的小到像一个佛龛。几乎每一个洞子里都画着千佛的像。洞子不论大小，墙壁不论宽窄，无不满满地画上了壁画。艺术家好像决不吝惜自己的精力和颜料，决不吝惜自己的光阴和生命，把墙壁上的每一点空间，每一寸的空隙，都填得满满的，多小的地方，他们也决不放过。他们前后共画了一千年，不知流出了多少汗水，不知耗费了多少心血，才给我们留下了这些动人心魄的艺术瑰宝。有的壁画，就暴露在光天化日之下，经过了一千年的风吹、雨打、日晒、沙浸，但彩色却浓郁如新，鲜艳如初。想到我们先人的这些业绩，我们后人感到无比地兴奋、震惊、感激、敬佩，这难道不是很自然的吗？

我们走进了洞子，就仿佛走进了久已逝去的古代世界，甚至古代的异域世界；仿佛走进了神话的世界，童话的世界。尽管洞内洞外一点声音都没有，但是看到那些大大小小的雕塑，特别是看到墙上的壁画：人物是那样繁多，场面是那样富丽，颜色是那样鲜艳，技巧是那样纯熟，我们内心里就不禁感到热闹起来。我们仿佛亲眼看到释迦牟尼从兜率天上骑着六牙白象下降人寰，九龙吐水为他洗浴，一下生就走了七步，口中大声宣称："天上天下，唯我独尊。"我们仿佛看到他读书、习艺。他力大无穷，竟把一只大象抛上天空，坠下时把土地砸了一个大坑。我们仿佛看到他射箭，连穿七个箭靶。我们仿佛看到他结婚，看到他出游，在城门外遇到老人、病人、死人与和尚，看到他夜半乘马逾城逃走，看到他剃发出家。我们仿佛看到他修苦行，不吃东西，修了六年，把眼睛修得深如古井。我们又仿佛看到他翻然改变主意，毅然放弃了苦行，吃了农女献上的粥，又恢复了精力，走向菩提树下，同恶魔波旬搏斗，终于成了佛。成佛后到处游行，归示，度子，年届八旬，在双林涅槃。使我们最感兴趣、给我们印象最深的是那许许多多的涅槃的画。释迦牟尼已经逝世，闭着眼睛，右胁向下躺在那里。他身后站着许多和尚和俗人。前排的人已经得了道，对生死漠然置之，脸上毫无表情地站在那里。后排的人，不管是国王，各族人民，还是和尚、尼姑，因为道行不高，尘欲未去，参不透生死之道，都嚎啕大哭，有的捶胸，有的打头，有的击掌，有的顿足，有的撕发，有的裂衣，有的甚至昏倒在地。我们真仿佛听到哭声震天，看到泪水流地，内心里不禁感到震动。最有趣的是外道六师，他们看到主要敌手已死，高兴得弹琴、奏乐、手舞、足蹈。在盈尺或盈丈的墙壁上，宛然一幅人生哀乐图。这样的宗教画，实际上是人世社会的真实描绘。把千载前的社会现实，栩栩如生地搬到我们今天的眼前来。

在很多洞子里，我们又仿佛走进了西方的极乐世界，所谓净土。在这个世界里，阿弥陀佛巍然坐在正中。在他的头上、脚下、身躯的周围画着极乐世界里各种生活享受：有伎乐，有舞蹈，有杂技，有饮馔。好像谁都不用担心生活有什么不足，衣来伸手，饭来张口。而且这些饮食和衣服，都用不着人工去制作。到处长着如意神树，树枝子上结满了各种美好的饮食和衣着，要什么，有什么，只须一伸手一张口之劳，所有的愿望就都可以满足了。小孩子们也都兴高采烈，他们快乐得把身躯倒竖起来。到处都是美丽的荷塘和雄伟的殿阁，到处都是快活的游人。这些人同我们这些凡人一样，也过着世俗的生活。他们也结婚。新郎跪在地上，向什么人叩头。新娘却站在那里，羞答答不肯把头抬。许多参加婚礼的客人在大吃大喝。两只鸿雁站在门旁。我早就读过古代结婚时有所谓“奠雁”的礼节，却想不出是什么情景。今天这情景就摆在我眼前，仿佛我也成了婚礼的参加者了。他们也有老死。老人活过四万八千岁以后，自己就走到预先盖好的坟墓里去。家人都跟在他后面，生离死别。虽然也有人磕头涕哭，但是总起来看，脸上的表情却都是平静的、肃穆的，好像认为这是人生规律，无所用其忧戚与哀悼。所有这一切世俗生活的绘画，当然都是用来宣扬一个主题思想：不管在什么样的生活环境中，只要一心念阿弥陀佛，就可以往生净土，享受天福。这当然都是幻想，甚至是欺骗。但是艺术家的态度是认真的，他们的技巧是惊人的。他们仔细地描，小心地画，结果把本是虚无缥缈的东西画得像真实的事物一样，生动活泼地、毫不含糊地展现在我们眼前，让我们对于历史得到感性认识，让我们得到奇特美妙的艺术享受。艺术家可能真正相信这些神话的，但是这对我们是无关重要的，重要的是他们的画。这些画画得充满了热情，而且都取材于现实生活。在世界各国的历史上，所有的神仙和神话，不管是多么离奇荒诞，他们的模特儿总脱离不开人和人生，艺术家通过神仙和神话，让过去的人和人生重现在我们眼前。我们探骊得珠，于愿已足，还有什么可以强求的呢？

最使我吃惊的是一件小事：在这富丽堂皇的极乐世界中，在巍峨雄伟的楼台殿阁里，却忽然出现了一只小小的老鼠，鼓着眼睛，尖着尾巴，用警惕狡诈的目光向四下里搜寻窥视，好像见了人要逃窜的样子。我很不理解，为什么艺术家偏偏在这个庄严神圣的净土里画上一只老鼠。难道他们认为，即使在净土中，四害也是难免的吗？难道他们有意给这万人向往的净土开上一个小小的玩笑吗？难道他们有意表示即使是净土也不是百分之百的纯洁吗？我们大家都不理解，经过推敲与讨论，仍然是不理解。但是我们都很感兴趣，认为这位艺术家很有勇气，决不因循抄袭，决不搞本本主义，他敢于石破天惊地去创造。我们对他都表示敬意。

在许多洞子里，我们还看到了许多经变，什么法华经变，楞伽经变，金光明经变，如此等等。艺术家把经中的许多章节，不是根据经文，而是根据变文，用绘画的形式表现出来。在这些经变里，法华经普门品似乎是最受欢迎的一品。普门品说，谁要是一心称观世音菩萨的名，入大火，大火不能烧；入大水，大水不能漂；入海求宝遇到黑风，船飘堕罗刹国，可以解脱罗刹之难；遭迫害临刑，刑刀段段坏；女子求生男孩，就可以生福德智慧之男；求生女孩，就可以生端正有相之女。总之，威灵显赫，有求必应。画上最多的是临刑刀寸寸断的情景。这似乎是最能形象地表现观音菩萨的法力的一个题材。但是我们也可以看到许多描绘人民生活和生产的情景。

一个农民赶着耕牛去耕地。许多小手工业者坐在那里制作什么东西。人们在家里面安静地宴客。人们在花园中游乐。人们到灞桥去送别亲友，折杨柳为赠。我曾在不知多少唐诗中读到这情景，今天才第一次在绘画上看到。最有意思的、最耐人寻味的是许多绘画，画的是人们大便的情景，刷牙的情景，据我所知道的，在世界各国任何时代的任何绘画中都难找到这样的绘画。这好像也成了绘画的禁区。然而我们的艺术家却有勇气冲破这不成文而事实上却存在的禁区，把这种细微并不那么太雅观的情景画给我们看。除了佩服以外，我还能说些什么呢？此外，描绘舞蹈的场面和杂技的场面，也是非常动人的。一个个乐队，一个个乐工，手中执着各种各样的乐器，什么箫、笛、筝、琴、箜篌、排箫、阮咸、琵琶，还有尺八，神情是这样逼真，人物是这样细致，我们耳中仿佛能听到各种乐器和谐的弹奏声，静静的洞子一时喧阗起来。舞蹈的场面也很动人。男女舞人，翩翩起舞，有人甩着长大的袖子，有人动作非常强烈，所谓“胡旋舞”大概就是这个样子吧。我们看到的虽然不是真正舞蹈，而只是绘画，但是我们也恍然感到“观者如山色沮丧，天地为之久低昂。㸌如羿射九日落，矫如群帝骖龙翔，来如雷霆收震怒，罢如江海凝清光”。至于杂技，更是动人心魄。一个演员站在那里，头上顶着长竿，竿顶上站着一个人，人头顶上还站着一个小孩子。看那摇摇欲坠的样子，我们不禁为画上的古人担忧起来。然而，不要怕，两旁还站着两个人哩。他们好像是为了防备万一而站在那里。虽然都戴着纱帽，斯斯文文的，看来好像也满有把握。我们可以放心了。前面坐着一些人，这大概就是观众。画面上人数不算多，但看上去却热闹得很。在古代文化交流中，音乐、舞蹈和杂技，好像是占着突出的地位。在新疆的许多千佛洞中，这样的场面也是随时可见的。

在所有的经变中，维摩诘经变是最常见的。这一部经在唐代大概非常流行、非常受欢迎的。唐代一个姓王的大诗人，取名维，字摩诘，合起来就是维摩诘，就是一个很好的证明。我们在很多洞子里，都看到关于维摩诘的壁画。尽管大小不同，洞子不同；但是他的形象却基本上是一致的。维摩诘手执麈尾或者扇子，傲然地斜坐在一张床上，眼神嘴角流露出一副能言善辩、轻蔑藐视的神态。这一部经本身就是一部很好的长篇小说，讲的是一个佛教的居士，名叫维摩诘，唐玄奘译为无垢称。他深通佛法，辩才无碍。有一次他病了，如来佛派大弟子舍利弗去问疾。舍利弗吃过他辩才的苦头，有点发怵不敢去。佛又派大目犍连、大迦叶、须菩提、富楼那多罗尼子、摩诃迦旃延、阿那律、优波离、罗睺罗、阿难、弥勒菩萨、善德等等去，但是谁也没有胆量去。最后文殊师利膺命前往。维摩诘以神力空其室内，只留下了一张床，他生病坐在上面。于是二人展开了一场辩才战。诸菩萨、大弟子、群释、四天王等都赶来瞧热闹。后来舍利弗和大迦叶也赶了来。最后文殊师利和维摩诘一起来见佛。这一篇小说似的经文以如来把正法付嘱于弥勒佛而结束。小说本身内容很丰富，辩论很激烈，描绘很生动，对话很犀利。壁画更发展了这一部经文，把故事画得热闹非常、生动活泼，具有极大的感染力。维摩诘仿佛就要从床上站立起来，而且要走下墙来，同我们展开一场唇枪舌战……

在许多洞子里，除了神话故事以外，还画着许多世俗画。开洞的窟主往往把自己以及一家人都画在墙上。有时候画上一队男官人，前面的几个都是秃头的和尚；一队贵妇前面几个是秃头的尼姑。这是本家庭里面出家的人，是他们的光荣，是他们的骄傲，所以才被画在前面。这些男女贵人排成队，好像要向佛爷走去。他们为什么要把自己的像画在这千佛洞里呢？是为了宗教功德吗？还是为了永垂不朽？恐怕二者都有一点吧。最引人注目的是张义潮出游图。唐代这一个独霸一方的大军阀、大官僚，在河西一带很有势力，很有影响，他一跺脚，整个河西走廊都会震动。他的家族开凿了不少的洞子，在一个洞子里就画着自己出游的情景。他自己巍然骑在马上，前面是部队开路，也都骑着马，有的手里拿着乐器，有的手里举着旗帜。拿乐器的正在猛吹猛奏，好像是要行人回避，也好像是在为军容壮声威。后面跟的是成群的扈从，都是宽衣博带，雍容华贵。乐器中除了喇叭等之外，还有画角，我从小念唐诗，不知多少次碰到“画角”这个字眼，但是始终没有见过画角是什么样子。今天见面，宛如故友重逢，分外感到亲切。总之，这一幅一千多年前的出游行乐图，彩色鲜艳地、生动活泼地摆在我们眼前。当时的情景跃然壁上。我们今天站在下面看壁画的人，恍惚间成了当时站在路旁的旁观者，看人马杂沓，车如流水，乐声喧腾，尘土飞扬，好像正从墙壁的一端走向另一端，转瞬即逝。

在一个洞子里，我们还看到一幅巨大的五台山图。既然是五台山，当然与宣扬文殊菩萨是分不开的。但是我们今天看到的却是一幅用绘画形式表现出来的地图和人民生活图。这幅图上画的是从镇州（正定）一直到并州（太原）旅途的情景。这条绵延数百里的路是同绵延数百里的五台山分不开的。这座大山峰峦起伏，山头林立，宛如雨后的春笋一般。山上的名刹都画出了房舍，标出了名字。山下则是一条商路。商人们熙熙攘攘，车水马龙，牲口背上驮着货物，匆匆忙忙向前趱行。旅途是遥远的，就必然要有住宿的客店。于是在图上许多地方都画着客店。店主人、店小二在热情地招呼客人，客人则是出出进进，热闹非常。我们今天的中国青年，甚至中年老年，习惯于住北京饭店、国际饭店一类的高楼大厦，对古代商人旅人行路困难丝毫没有认识。读到“鸡声茅店月，人迹板桥霜”，还有什么“夕阳西下，断肠人在天涯”，也许还能引起一些遐思，但是决不会引起同情，我们对那种生活已经非常非常隔膜了。但是这一幅五台山图，会把我们带回到当年的生活环境中去，让我们做一个思古的梦。从这个意义上来讲，这一幅壁画无疑是我们的国宝之一。当年有一个帝国主义国家要出十万美元，收买这一幅壁画，没有得逞，否则我们的这件国宝早已到了波士顿博物馆之类的地方去了。岂不惜哉！

在另外一些洞子里，我们还看到一些和尚西行求法的壁画。这也是必然的。开凿这些洞子主要的是为了宣扬佛教。“千佛洞”这个名词本身就说明了一切。佛教来自印度，这里画着许多出生在印度的佛爷和菩萨，是很自然的。但是如果没有中国和尚到印度去取经，没有印度和尚到中国来送经，佛教是决不会自己走了来的。因此，我们总是期望，在某一些洞子里能够看到中国西行求法的和尚，事实上也正是这样，我们看到了，而且看到的还不少。一提到西行求法，谁都会立刻就想到唐代高僧玄奘。在一个洞子里，我们确实看到了唐僧取经的壁画。这是一幅水月观音的巨大的壁画，水月观音巨大的身躯几乎占满了全壁。他身上衣着金碧辉煌，头上冠冕富丽堂皇。令人吃惊的是，他嘴上居然还留着一撮小胡子。他神态倨傲又慈悲，伸脚坐在那里。在壁画的右下角一块小小的地方画着玄奘，双手合十站在一个悬崖上，面向水月观音，好像就正向他致敬。他身后是大徒弟孙悟空，手里牵着那一匹小白龙变成的马。二徒弟猪八戒和三徒弟沙僧跑到哪里去了呢？看样子他们并没有去寻山探路，也不是去托钵求斋，他们还站在壁画外面，正在向着壁画里走哩。

同求法高僧有联系的是商人。宗教按理说是出世的，和尚尼姑是不许触摸金银的。而“商人重利轻别离”，他们总是想赚大钱的。他们之间是风马牛不相及的，哪里会有什么联系呢？但是所有在中国境内的千佛洞都是开凿在丝绸之路沿线的，丝绸之路顾名思义是一条商业大道。这就有力地说明了二者间的密切关系。在印度佛教史上，从佛祖释迦牟尼开始，就同商人有亲密地往来，和尚和商人，不但相辅相成，而且相依为命。所以丝绸之路，同时也是宗教之路。中国、印度和其他国家的高僧很大一部分是走丝绸之路来往的。因此，在千佛洞里除了求法高僧外，看到商人的壁画，也是很自然的。在新疆拜城克孜尔千佛洞中，我曾在一壁佛画的中间一小块空隙中看到一个穿伊朗服装的商人，赶着几匹骆驼，上面驮着中国出产的丝，正在走路的样子。一个佛爷站在旁边，好像把自己的右手的两个指头像点蜡烛一样点了起来，发出万丈光芒，照亮了丝绸之路。这幅壁画的用意是再清楚不过的，这里用不着多说。在敦煌的千佛洞里，丝绸之路也有所表现。贩运丝绸的中外商人，赶着骆驼和马，向西方迈进。沙路茫茫，前途万里，而商人毫不气馁。有的地方画着商人在路上走路的情况。路大概是很难走，马走得乏了，再也不想前进，于是一个商人在前面用力牵，另一个商人在后面拼命地用鞭子抽打，人忙马嘶的情景宛在目前，宛在耳边。还有不少地方画着商人遇劫的情况。一些绿林豪客手执明晃晃的钢刀，耀武扬威地挡在那里。商人们则卑躬屈膝，甚至跪在地上求饶，觳觫之状可掬，他们仿佛是在对话，声音就响在我们耳边。可见，虽然有佛光照亮万里长途，但人间毕竟是人间，行路难之叹，唐代诗人早就发出来了，何况是漫漫数万里呢？至于海上商路，虽然不在丝绸之路上，但是我们的艺术家也不放过。我们在几个地方都看到航海的商船。船并不大，上面画着几个人，好像都已经把船占满了，有点象征主义的味道。但是船外的海涛决不含糊地告诉我们，这是飘洋过海的壮举。为什么在万里之外的甘肃新疆大沙漠里，竟然画到海上贸易呢？这一点，我还不十分清楚，也还要推敲而且研究。

总之，洞子共有四百多个，壁画共有四万多平方米，绘画的时间绵延了一千多年，内容包括了天堂、净土、人间、地狱、华夏、异域、和尚、尼姑、官僚、地主、农民、工人、商人、小贩、学者、术士、妓女、演员，男、女、老、幼，无所不有。在短短的几天之内，我仿佛漫游了天堂、净土，漫游了阴司、地狱，漫游了古代世界，漫游了神话世界，走遍了三千大千世界，攀登神山须弥山，见到了大梵天、因陀罗，同四大天王打过交道，同牛首马面有过会晤，跋涉过迢迢万里的丝绸之路，漂渡烟波浩渺的大海大洋，看过佛爷菩萨的慈悲相，听维摩诘的辩才无碍，我脑海里堆满色彩缤纷的众生相，错综重叠，突兀峥嵘，我一时也清理不出一个头绪来。在短短几天之内，我仿佛生活了几十年。在过去几十年中，对于我来说是非常抽象的东西，现在却变得非常具体了。这包括文学、艺术、风俗、习惯、民族、宗教、语言、历史等等领域。我从前看到过唐代大画家阎立本的帝王图，李思训的金碧山水，宋朝朱襄阳朱点山水，明朝陈老莲的人物画，大涤子的山水画，曾经大大地惊诧于这些作品技巧之完美，意境之深邃，但在敦煌壁画上，这些都似乎是司空见惯，到处可见。而且敦煌壁画还要胜它们一筹：在这里，浪漫主义的气氛是非常浓的。有的画家竟敢画一个乐队，而不画一个人，所有的乐器都系在飘带上，飘带在空中随风飘拂，乐器也就自己奏出声音，汇成一个气象万千的音乐会。这样的画在中国绘画史上，甚至在别的国家的绘画史上能够找得到吗？

不但在洞子里我们好像走进了久已逝去的古代世界，就是在洞子外面，我们倘稍不留意，就恍惚退回到历史中去。我们游览国内的许多名胜古迹时，总会在墙壁上或树干上看到有人写上的或刻上的名字和年月之类的字，什么某某人何年何月到此一游。这种不良习惯我们真正是已经司空见惯，只有摇头苦笑。但要追溯这种行为的历史那恐怕是古已有之了。《西游记》上记载着如来佛显示无比的法力，让孙悟空在自己的手掌中翻筋斗，孙悟空翻了不知多少十万八千里的筋斗，最后翻到天地尽头，看到五根肉红柱子，撑着一股青气。为了取信于如来佛，他拔下一根毫毛，吹口仙气，叫“变！”变作一管浓墨双毫笔。在那中间柱子上写一行大字云：“齐天大圣，到此一游。”还顺便撒了一泡猴尿。因此，我曾想建议这一些唯恐自己的尊姓大名不被人知、不能流传的善男信女，倘若组织一个学会时，一定要尊孙悟空为一世祖。可是在敦煌，我的想法有些变了。在这里，这样的善男信女当然也不会绝迹。在墙壁上题名刻名到处可见，这些题刻都很清晰，仿佛是昨天才弄的。但一读其文，却是康熙某年，雍正某年，乾隆某年，已经是几百年以前的事了。当我第一次看到的时候，我不禁一愣：难道我又回到康熙年间去了吗？如此看来，那个国籍有点问题的孙悟空不能专“美”于前了。

我们就在这样一个仿佛远离尘世的弥漫着古代和异域气氛的沙漠中的绿洲中生活了六天。天天忙于到洞子里去观看。天天脑海里塞满了五光十色丰富多彩的印象，塞得是这样满，似乎连透气的空隙都没有。我虽局处于斗室之中，却神驰于万里之外；虽局限于眼前的时刻之内，却恍若回到千年之前。浮想联翩，幻影沓来，是我生平思想最活跃的几天。我曾想到，当年的艺术家们在这样阴暗的洞子里画画，是要付出多么大的精力啊！我从前读过一部什么书，大概是美术史之类的书，说是有一个意大利画家，在一个大教堂内圆顶天篷上画画，因为眼睛总要往上翻，画了几年之后，眼球总往上翻，再也落不下来了。我们敦煌的千佛洞比意大利大教堂一定要黑暗得多，也要狭小得多，今天打着手电，看洞子里的壁画，特别是天篷上藻井上的画，线条纤细，着色繁复，看起来还感到困难，当年艺术家画的时候，不知道有多少困难要克服。周围是茫茫的沙碛，夏天酷暑，而冬天严寒，除了身边的一点浓绿之外，放眼百里惨黄无垠。一直到今天，饮用的水还要从几十里路外运来，当年的情况更可想而知。在洞子里工作，他们大概只能躺在架在空中的木板上，仰面手执小蜡烛，一笔一笔地细描细画。前不见古人，我无法见到那些艺术家了。我不知道他们的眼睛也是否翻上去再也不能下来。我不知道是一种什么力量在支撑着他们，在那样艰苦的条件下给我们留下了这样优美的杰作，惊人的艺术瑰宝。我们真应该向这些艺术家们致敬啊！

我曾想到，当年中国境内的各个民族在这一带共同劳动，共同生活，有的赶着羊群、牛群、马群，逐水草而居，辗转于千里大漠之中；有的在沙漠中一小块有水的土地上辛勤耕耘，努力劳作。在这里，水就是生命，水就是幸福，水就是希望，水就是一切，有水斯有土，有土斯有禾，有禾斯有人。在这样的环境中，只有互相帮助，才能共同生存。在许多洞子里的壁画上，只要有人群的地方，从人们的面貌和衣着上就可以看到这些人是属于种种不同的民族的。但是他们却站在一起，共同从事什么工作。我认为，连开凿这些洞的窟主，以及画壁画的艺术家都决不会出于一个民族。这些人今天当然都已经不在了。人们的生存是暂时的，民族之间的友爱是长久的。这一个简明朴素的真理，一部中国历史就可以提供证明。我们生活在现代，一旦到了敦煌，就又仿佛回到了古代。民族友爱是人心所向，古今之所同。看了这里的壁画，内心里真不禁涌起一股温暖幸福之感了。

我又曾想到，在这些洞子里的壁画上，我们不但可以看到中国境内各个民族的人民，而且可以看到沿丝绸之路的各国的人民，甚至离开丝绸之路很远的一些国家的人民。比如我在上面讲到如来佛涅槃以后，许多人站在那里悲悼痛苦，这些人有的是深目高鼻，有的是颧骨高而眼睛小，他们的衣着也完全不同。艺术家可能是有意地表现不同的人民的。当年的新疆、甘肃一带，从茫昧的远古起，就是世界各大民族汇合的地方。世界几大文明古国，中国、印度、希腊的文化在这里汇流了。世界几大宗教，佛教、伊斯兰教、基督教在这里汇流了。世界的许多语言，不管是属于印欧语系，还是属于其他语系也在这里汇流了。世界上许多国家的文学、艺术、音乐，也在这里汇流了。至于商品和其他动物植物的汇流更是不在话下。所有这一切都在洞子里留下了不可磨灭的痕迹。遥想当年丝绸之路全盛时代，在绵延数万里的路上，一定是行人不断，驼、马不绝。宗教信徒、外交使节、逐利商人、求知学子，各有所求，往来奔波，绝大漠，越流沙，轻万生以涉葱河，重一言而之奈苑，虽不能达到摩肩接踵的程度，但盛况可以想见。到了今天，情势改变了，大大地改变了。出现在我们眼前的是流沙漫漫，黄尘滚滚，当年的名城——瓜州、玉门、高昌、交河，早已沦为废墟，只留下一些断壁颓垣，孤立于西风残照中，给怀古的人增添无数的诗料。但是丝路虽断，他路代兴，佛光虽减，人光有加，还留下像敦煌莫高窟这样的艺术瑰宝，无数的艺术家用难以想象的辛勤劳动给我们后人留下这么多的壁画、雕塑，供我们流连探讨，使世界各国人民惊叹不置。抚今追昔，我真感到无比地幸福与骄傲，我不禁发思古之幽情，觉今是昨亦是，感光荣于既往，望继承于来者，心潮起伏，感慨万端了。

薄暮时分，带着那些印象，那些幻想，怀着那些感触，一个人走出了招待所去散步。我走在林荫道上，此时薄霭已降，暮色四垂。

朱红的大柱子，牌楼顶上碧色的琉璃瓦，都在熠熠地闪着微光。远处砂碛没入一片迷茫中，少时月出于东山之上，清光洒遍了山头、树丛，一片银灰色。我周围是一片寂静。白天里在古榆的下面还零零落落地坐着一些游人，现在却空无一人。只有小溪中潺湲的流水间或把这寂静打破。我的心蓦地静了下来，仿佛宇宙间只有我一个人。我的幻想又在另一个方面活跃起来。我想到洞子里的佛爷，白天在闭着眼睛睡觉，现在大概睁开了眼睛，连涅槃了的如来也会站了起来。那许多商人、官人、菩萨、壮汉，白天一动不动地站在墙壁上，任人指指点点，品头论足。现在大概也走下墙壁，在洞子里活动起来了。那许多奏乐的乐工吹奏起乐器，舞蹈者、演杂技者，也都摆开了场地，表演起来。天上的飞天当然更会翩翩起舞，洞子里乐声悠扬，花雨缤纷。可惜我此时无法走进洞子，参加他们的大合唱。只有站在黑暗中望眼欲穿，倾耳聆听而已。

在寂静中，我又忽然想到在敦煌创业的常书鸿同志和他的爱人李承仙同志，以及其他几十位工作人员。他们在这偏僻的沙漠里，忍饥寒，斗流沙，艰苦奋斗，十几年，几十年，为祖国，为人民立下了功勋，为世界上爱好艺术的人们创造了条件。敦煌学在世界上不是已经成为一门热门学科了吗？我曾到书鸿同志家里去过几趟。那低矮的小房，既是办公室、工作室、图书室，又是卧室、厨房兼餐厅。在解放了三十年后的今天，生活条件尚且如此之不够理想，谁能想象在解放前那样黑暗的时代，这里艰难辛苦会达到何等程度呢？门前那院子里有一棵梨树。承仙同志告诉我，他们在将近四十年前初到的时候，这棵梨树才一点点粗，而今已经长成了一棵粗壮的大树，枝叶茂密，青翠如碧琉璃，枝上果实累累，硕大无比。看来正是青春妙龄，风华正茂。然而看着它长起来的人却垂垂老矣。四十年的日日夜夜在他们身上不可避免地会留下了痕迹。然而，他们却老当益壮，并不服老，仍然是日夜辛勤劳动。这样的人难道不让我们每个人都油然起敬佩之情吗?

我还看到另外一个人的影子，在合抱的老榆树下，在如茵的绿草丛中，在没入暮色的大道上，在潺潺流水的小河旁。它似乎向我招手，向我微笑，“翩若惊鸿，宛如游龙；荣曜秋菊，华茂春松”，这影子真是可爱极了。我是多么急切地想捉住它啊！然而它一转瞬就不见了。一切都只是幻影。剩下的似乎只有宇宙和我自己。

剩下我自己怎么办呢?我真是进退两难，左右拮据。在敦煌，在千佛洞，我就是看一千遍一万遍也不会餍足的。有那样桃源仙境似的风光，有那样奇妙的壁画，有那样可敬的人，又有这样可爱的影子。从我内心深处我真想长期留在这里，永远留在这里。真好像在茫茫的人世间奔波了六十多年才最后找到了一个归宿。然而这样做能行得通吗?事实上却是办不到的。我必须离开这里。在人生中，我的旅途远远不到结束的时候，我还不能停留在一个地方。在我前面，可能还有深林、大泽、崇山、幽谷，有阳关大道，有独木小桥。我必须走上前去，穿越这一切。现在就让我把自己的身躯带走，把心留在敦煌吧。

1979 年 10 月 9 日初稿

1980 年 3 月 3 日定稿

日本人之心

今年五月，我应邀访问日本，曾在早稻田大学讲演过一次。题目是日本主人出的，叫做“东洋之心”。由于自己水平低，又是临时抱佛脚，从理论上来看，讲演内容确实是卑之无甚高论。但是，在参观日本名胜古迹过程中，也就是说，在实践方面，我深有体会，好像是摸到了日本人之心。

箱根算是我的旧游之地。上一次来到这里，只住了一夜，因而对箱根只留下了一个朦胧的印象；虽然朦胧，却是非常美的；也可以说，唯其朦胧，所以才美。

我们到达饭店的时候，天已经晚下来了。我们会见了主人室伏佑厚的夫人千津子，他的大女儿厚子和外孙女朋子。我抱起了小朋子，这一位刚会说话的小女孩偎依在我的怀里，并不认生。室伏先生早就对我说，要我为朋子祝福，现在算是祝福了。室伏先生说，朋子这个名字来源于“我们的朋友遍天下”这一句话。这一家人对中国感情之深厚概可想见了。他们想在小孩子心中也埋下友谊的种子。室伏先生自己访问中国已达数十次，女婿三友量顺博士和二女儿法子也常奔波于两国之间，在学术界和经济界缩紧友谊的纽带。同这样一家人在一起，我们感到异常地温暖，不是很自然的吗？

晚饭以后，我们走出旅馆，到外面湖滨上散步。此时万籁俱寂，月色迷濛。缕缕的白云像柳絮一般缓缓飘来，仿佛伸手就能抓到一把。路旁的绿草和绿色灌木，头顶上的绿树，在白天，一定是汇成了弥漫天地的绿色；此时，在月光和电灯光下，在白云的障蔽中，绿色转黑，只能感到是绿色，眼睛却看不出是绿来了，只闪出一片黑油油的青光。茫茫的芦湖变成了一团暗影，湖上和岸边，什么东西都看不清楚。就因为不清楚，我的幻想反而更有了驰骋的余地。我可以幻想这里是人间仙境，我可以幻想这里是蓬莱三山。我可以幻想这，我可以幻想那，越幻想越美妙，越美妙越幻想，到了最后，我自己也糊涂起来：我是在人间吗？不，不！这里决非人间；我是在天堂乐园吗？不，不！这里也决非天堂乐园。人间天上都不能如此美妙绝伦。我现在所在的地方成了一个地地道道的人间仙境了。

夜里我做了一个仙境的梦。第二天，我们没能看到芦湖的真面目，就匆匆离开。只有这一个仙境的梦伴随着我，一转眼就是几年。

现在我又来到了箱根。

邀请我的还是同一个主人：室伏佑厚先生。他同法子小姐和女婿三友量顺先生亲自陪我们乘汽车来到这里。上一次同来的日本东京大学名誉教授中村元博士也赶来聚会。室伏夫人和长女厚子、外孙女朋子都来了。朋子长大了几岁，反而有点腼腆起来；她又有了一个小妹妹，活泼可爱，满脸淘气的神气。我们在王子饭店里热热闹闹地吃了一顿十分丰盛的晚餐，很晚才回到卧室。这一夜，我又做了一个仙境的梦。

第二天，一大早晨，我就一个人走出了旅馆的圆厅，走到芦湖岸边，想看一看上一次没能看到的芦湖真面目。我脑海中的那一个在迷濛月色下的人间仙境一般的芦湖不见了——那一个芦湖是十分美妙绝伦的。现在展现在我眼前的芦湖，山清水秀，空翠弥天；失掉了那朦胧迷幻的美，却增添了真实澄澈的美——这一个芦湖同样是十分美妙绝伦的。哪一个芦湖更美呢？我说不出，也用不着说出，我强烈地爱上了两个芦湖。

又过了一天的早晨，我又到芦湖岸边散步，这一次不是我孤身一人，主人室伏佑厚先生、法子小姐和三友量顺先生都陪来了。以前我没能真正认识芦湖，“不识芦湖真面目，只缘身在此湖中”。今天，我站在湖边上，仿佛是脱离开了芦湖，我想仔仔细细地认识一番。但是湖上云烟缭绕，真面目仍然无法辨认。我且同主人父女在湖边草地上漫步吧！

我们边走边谈，芦湖似乎存在，又似乎不存在。散策绿草地，悠然见芦湖。我好几次都有陶渊明悠然见南山的感觉。我们走过两棵松树，样子非常像黄山的迎客松。我告诉主人，我想为它取名迎客松。主人微笑首肯，认为这是一个好名字。他望着茫茫的湖水，告诉我说，在黄昏时分，湖上会落满了野鸭子。现在是早晨，鸭子都飞到山林里面去了，我们一只也看不到。话音未落，湖上云气转淡，在伸入水中的木桥头上，落着一只野鸭子。此时晨风微拂，寂无人声，仿佛在整个宇宙这一只野鸭子是唯一活着的东西。我们都大喜过望，轻手轻脚地走上木桥。从远处看到野鸭子屁股下面有一个白白的东西。我们一走近，野鸭子展翅飞走，白白的东西就拿在我们手中，原来是一个圆圆的鸭蛋。我们都非常兴奋，回看那一只野鸭已经飞入白云中，绕了几个圈子，落到湖对岸的绿树林里，从此就无影无踪了。

当我们从浮桥上走回岸边的时候，有四个老年的日本妇女正踏上浮桥。我们打一个招呼，就各走各的路了。此时，湖水依然茫茫渺渺，白云依然忽浓忽淡。大概因为时间还很早，湖上一只船都没有。岸边绿草如茵，花木扶疏，我心头不禁涌现出来了一句诗："宫花寂寞红。"这里的花也有类似的情况：园花寂寞红。除了湖水拍岸的声音之外，什么声音也没有。我们几个人好像成了主宰宇宙沉浮的主人。我心里有说不出来的一种滋味，有点失神落魄了。猛回头，才发现室伏先生没有跟上我们，他站在浮桥上，正同那几个老妇人聊天。过了一会儿，他终于同那四个妇女一齐朝我们走来。室伏先生把她们一一介绍给我。原来她们都是退休的女教师，现在来箱根旅游。她们每个人都拿出了小本本，让我写几个字。我自然而然地想到那两句著名的古诗：

海内存知己

天涯若比邻

于是我就把这两句诗写在每人的小本本上，合拍了一张照片，又客套了几句，就分手了。

我原以为这不过是萍水相逢，虽然感人，但却短暂，没有十分去留意。但是，我回国以后不久就接到一封日本来信，署名的就是那四位日本退休女教师。又过了不久，一盒装潢十分雅致漂亮的日本横滨名产小点心寄到我手中。我真正感动极了，这真是大大地出我意料。我现在把她们的信抄在下面，以志雪泥鸿爪：

季羡林先生：

前些日子有幸在箱根王子饭店见到您，并承先生赐字，一起合影留念，不胜感激。我将万分珍视这次意想不到的初次会面。

从室伏那儿得知先生在贵国担任着重要的工作。望多多保重身体，并祝先生取得更大的成绩。

昨天我给先生寄去了横滨传统的点心——喜乐煎饼，请先生和各位品尝，如能合先生口味，将不胜欣慰。

请向担任翻译的女士问候。

四年前我曾去贵国做过一次愉快的旅行，在北京住了三天，在大同住了三天。

我思念中国，怀念平易近人的先生，并期待着能与先生再次见面。怀此心情给您写了这封信。

归山绫子

6月28日

（李强译）

信写得朴素无华，却充满了感情。我立刻写了封回信：

归山绫子女士并其他诸位女士：

大札奉悉，赐寄横滨名产喜乐煎饼，也已收到，感荷无量。

箱根邂逅诸位女士，给我留下了深刻的印象，将永远忆念难忘。从你们身上可以看到中日人民之间的友谊确实是根深蒂固，源远流长。我们两国人民一定能世世代代永远友好下去。

敬请

暑安

季羡林

1986 年 7 月 12 日

这确实是一件小事，前后不过半个小时。在人生的长河中，这不过是一个涟漪，一个小水泡。然而它显然深深地印在四位日本普通妇女的记忆中；通过她们的来信也深深地印在我的记忆中。借用佛家的说法，这叫做缘分。缘分一词似乎有点迷信。如果我们换一个词儿，叫做偶然性，似乎就非常妥当了。缘分也罢，偶然性也罢，其背后都有其必然性，这就是中日两国人民之间的深情厚谊，这是几千年中形成的一种情谊，不会因个别小事而被抹掉。

呜呼，吾老矣！但自认还是老而不朽。在过去半个多世纪中，我对日本没有什么研究，又由于过去的个人经历，对日本决没有什么好感。经过最近几年同日本朋友的来往，又两度访问日本，我彻底改变了看法，而且也逐渐改变了感情。通过同室伏佑厚先生一家人的交往，又邂逅了这样四位日本妇女，我现在真仿佛看到了日本人之心。我希望，而且相信，中日两国人民都能互相看到对方的心，世世代代永远友好下去这一句大家熟悉的话将不仅仅是一句口号了。我馨香祝之。

1986年7月28日晨于庐山

（文章有删节）

辑四

从现在起，要仔仔细细过日子了

大自然特别可爱，生命特别可爱，人类特别可爱，一切有生无生之物特别可爱，祖国特别可爱，宇宙万物无有不可爱者。

《回家》

上海菜市场

上海尽有看不够数不清的高楼大厦，跑不完走不尽的大街小巷，满目琳琅的玻璃橱窗，车水马龙的繁华闹市；但是，我们的许多外国朋友却偏要去看一看早晨的菜市场。这是完全可以理解的。我们刚到上海的时候不是也想到菜市上去看一看吗？

那还是几年前的一个早晨，在太阳刚刚升起来的时候，踏着熹微的晨光，到一个离开旅馆不远的菜市场去。

到了邻近菜市场的地方，市场的气氛就逐渐浓了起来。熙熙攘攘的人群，摩肩擦背，来来往往。许多老大娘的菜篮子里装满了蔬菜海味鸡鸭鱼肉。有的篮子里活鱼在摇摆着尾巴，肥鸡在咯咯地叫着。老大娘带着一脸笑意，满怀愉快，走回家去。

一走进菜市场，仿佛走进了另一个世界。这里面五光十色，令人眼花缭乱。但是，仔细一看，所有的东西却又都摆得整整齐齐，有条不紊。菜摊子、肉摊子、鱼虾摊子、水果摊子，还有其他的许许多多的摊子，分门别类，秩序井然，又各有特点，互相辉映。你就看那蔬菜摊子吧。这里有各种不同的颜色：紫色的茄子、白色的萝卜、红色的西红柿、绿色的小白菜，纷然杂陈，交光互影。这里又有各种不同的线条：大冬瓜又圆又粗，豆荚又细又长，白菜的叶子又扁又宽。就这样，不同的颜色、不同的线条，紧密地摆在一起，于纷杂中见统一。我的眼一花，我觉得，眼前不是什么菜摊子，而是一幅出自名家手笔的彩色绚丽、线条鲜明的油画或水彩画。

不只菜摊子是这样，其他的摊子也莫不如此，卖鱼的摊子上，活鱼在水里游泳，十几斤重的大鲤鱼躺在案板上。卖鸡鸭的摊子上，鸡鸭在笼子里互相召唤。卖肉的摊子上，整片的猪肉、牛肉和羊肉挂在那里。还为穆斯林设了卖牛、羊肉的专柜。在其他的摊子上，鸡蛋和鸭蛋堆得像小山，一个个闪着耀眼的白光。咸肉和板鸭成排挂在架子上，肥得仿佛就要滴下油来。水果摊子更是琳琅满目。肥大的水蜜桃、大个儿的西瓜、又黄又圆的香瓜、白嫩的鲜藕，摆在一起，竞妍斗艳。我眼前仿佛看到葳蕤的果子园、十里荷香的池塘、翠叶离离的瓜地。难道这不是一幅美妙无比的图画吗？

说是图画，这只是一时的幻象。说真的，任何图画也比不上这一些摊子。图画里面的东西是死的、不能动的。这里的东西却随时在流动。原来摆在架子上的东西，一转眼已经到了老大娘的菜篮子里。她们站在摊子前面，眯细了眼睛，左挑右拣，直到选中了自己想买的东西为止。至于价钱，她们是不发愁的，因为东西都不贵。结果是皆大欢喜，在一片闹闹嚷嚷的声中，大家都买到了中意的东西。她们原来的空篮子不久就满了起来。当她们转回家去的时候，她们手中的篮子也像是一幅幅美丽的图画了。

我们的外国朋友是住在旅馆里的，什么东西都不缺少。但是他们看到这些美丽诱人的东西，一方面啧啧称赞，一方面又跃跃欲试，也都想买点什么。有人买了几个大香瓜，有人买了几斤西红柿，还有人买了一些豆腐干。这样就会使本来已经很丰富的餐桌更加丰富多彩。我们的外国朋友也皆大欢喜了。

1963 年 9 月 27 日

我爱北京的小胡同

我爱北京的小胡同，北京的小胡同也爱我，我们已经结下了永恒的缘分。

六十多年前，我到北京来考大学，就下榻于西单大木仓里面一条小胡同中的一个小公寓里。白天忙于到沙滩北大三院去应试。北大与清华各考三天，考得我焦头烂额，精疲力尽；夜里回到公寓小屋中，还要忍受臭虫的围攻，特别可怕的是那些臭虫的空降部队，防不胜防。

但是，我们这一帮山东来的学生仍然能够苦中作乐。在黄昏时分，总要到西单一带去逛街。街灯并不辉煌，“无风三尺土，有雨一街泥”，也会令人不快。我们却甘之若饴。耳听铿锵清脆、悠扬有致的京腔，如闻仙乐。此时鼻管里会蓦地涌入一股幽香，是从路旁小花摊上的栀子花和茉莉花那里散发出来的。回到公寓，又能听到小胡同中的叫卖声：“驴肉！驴肉！”“王致和的臭豆腐！”其声悠扬、深邃，还含有一点凄清之意。这声音把我送入梦中，送到与臭虫搏斗的战场上。

将近五十年前，我在欧洲呆了十年多以后，又回到了故都。这一次是住在东城的一条小胡同里：翠花胡同，与南面的东厂胡同为邻。我住的地方后门在翠花胡同，前门则在东厂胡同，据说就是明朝的特务机关东厂所在地，是折磨、囚禁、拷打、杀害所谓“犯人”的地方，冤死之人极多，他们的鬼魂据说常出来显灵。我是不相信什么鬼怪的，我感兴趣的不是什么鬼怪显灵，而是这一所大房子本身。它地跨两个胡同，其大可知。里面重楼复阁，回廊盘曲，院落错落，花园重叠，一个陌生人走进去，必然是如入迷宫，不辨东西。

然而，这样复杂的内容，无论是从前面的东厂胡同，还是从后面的翠花胡同，都是看不出来的。外面十分简单，里面十分复杂；外面十分平凡，里面十分神奇。这是北京许多小胡同共有的特点。

据说当年黎元洪大总统在这里住过。我住在这里的时候，北大校长胡适住在黎住过的房子中。我住的地方仅仅是这个大院子中的一个旮旯，在西北角上。但是这个旮旯也并不小，是一个三进的院子，我第一次体会到“庭院深深深几许”的意境。我住在最深一层院子的东房中，院子里摆满了汉代的砖棺。这里本来就是北京的一所“凶宅”，再加上这些棺材，黄昏时分，总会让人感觉到鬼影憧憧，毛骨悚然。所以很少有人敢在晚上来拜访我。我每日“与鬼为邻”，倒也过得很安静。

第二进院子里有很多树木，我最初没有注意是什么树。有一个夏日的晚上，刚下过一阵雨，我走在树下，忽然闻到一股幽香。原来这些是马缨花树，现在树上正开着繁花，幽香就是从这里散发出来的。

这一下子让我回忆起十几年前西单的栀子花和茉莉花的香气。当时我是一个十九岁的大孩子，现在成了中年人。相距将近二十年的两个我，忽然融合到一起来了。

不管是六十多年，还是五十年，都成为过去了。现在北京的面貌天天在改变，层楼摩天，国道宽敞。然而那些可爱的小胡同，却日渐消逝，被摩天大楼吞噬掉了。看来在现实中小胡同的命运和地位都要日趋消沉，这是不可抗御的，也不一定就算是坏事。可是我仍然执着地关心我的小胡同。就让它们在我的心中占一个地位吧，永远，永远。

我爱北京的小胡同，北京的小胡同也爱我。

1993 年 10 月 25 日

听雨

从一大早就下起雨来。下雨，本来不是什么稀罕事儿，但这是春雨，俗话说："春雨贵如油。"而且又在罕见的大旱之中，其珍贵就可想而知了。

"润物细无声"，春雨本来是声音极小极小的，小到了"无"的程度。但是，我现在坐在隔成了一间小房子的阳台上，顶上有块大铁皮。楼上滴下来的檐溜就打在这铁皮上，打出声音来，于是就不"细无声"了。按常理说，我坐在那里，同一种死文字拼命，本来应该需要极静极静的环境，极静极静的心情，才能安下心来，进入角色，来解读这天书般的玩意儿。这种雨敲铁皮的声音应该是极为讨厌的，是必欲去之而后快的。

然而，事实却正相反。我静静地坐在那里，听到头顶上的雨滴声，此时有声胜无声，我心里感到无量的喜悦，仿佛饮了仙露，吸了醍醐，大有飘飘欲仙之概了。这声音时慢时急，时高时低，时响时沉，时断时续，有时如金声玉振，有时如黄钟大吕，有时如大珠小珠落玉盘，有时如红珊白瑚沉海里，有时如弹素琴，有时如舞霹雳，有时如百鸟争鸣，有时如兔落鹘起，我浮想联翩，不能自已，心花怒放，风生笔底。死文字仿佛活了起来，我也仿佛又溢满了青春活力。我平生很少有这样的精神境界，更难为外人道也。

在中国，听雨本来是雅人的事。我虽然自认还不是完全的俗人，但能否就算是雅人，却还很难说。我大概是介乎雅俗之间的一种动物吧。中国古代诗词中，关于听雨的作品是颇有一些的。顺便说上一句：外国诗词中似乎少见。我的朋友章用回忆表弟的诗中有“频梦春池添秀句，每闻夜雨忆联床”，是颇有一点诗意的。连《红楼梦》中的林妹妹都喜欢李义山的“留得残荷听雨声”之句。最有名的一首听雨的词当然是宋蒋捷的《虞美人》，词不长，我索性抄它一下：

> 少年听雨歌楼上，红烛昏罗帐。壮年听雨客舟中，江阔云低、断雁叫西风。　　而今听雨僧庐下，鬓已星星也。悲欢离合总无情。一任阶前、点滴到天明。

蒋捷听雨的心情，是颇为复杂的。他是用听雨这一件事来概括自己的一生的，从少年、壮年一直到老年，达到了“悲欢离合总无情”的境界。但是，古今对老的概念，有相当的悬殊。他是“鬓已星星也”，有一些白发，看来最老也不过五十岁左右。用今天的眼光看，他不过是介乎中老之间，同我自己比起来，我已经到了望九之年，鬓边早已不是“星星也”，顶上已是“童山濯濯”了。要讲达到“悲欢离合总无情”的境界，我比他有资格。我已经能够“纵浪大化中，不喜亦不惧”了。

可我为什么今天听雨竟也兴高采烈呢？这里面并没有多少雅味，我在这里完全是一个“俗人”。我想到的主要是麦子，是那辽阔原野上的青春的麦苗。我生在乡下，虽然六岁就离开，谈不上干什么农活，但是我拾过麦子，捡过豆子，割过青草，劈过高粱叶。我血管里流的是农民的血，一直到今天垂暮之年，毕生对农民和农村怀着深厚的感情。农民最高希望是多打粮食。天一旱，就威胁着庄稼的成长。即使我长期住在城里，下雨一少，我就望云霓，自谓焦急之情，决不下于农民。北方春天，十年九旱。今年似乎又旱得邪行。我天天听天气预报，时时观察天上的云气。忧心如焚，徒唤奈何。在梦中也看到的是细雨濛濛。

今天早晨，我的梦竟实现了。我坐在这长宽不过几尺的阳台上，听到头顶上的雨声，不禁神驰千里，心旷神怡。在大大小小、高高低低，有的方正、有的歪斜的麦田里，每一个叶片都仿佛张开了小嘴，尽情地吮吸着甜甜的雨滴，有如天降甘露，本来有点黄萎的，现在变青了。本来是青的，现在更青了。宇宙间凭空添了一片温馨，一片祥和。

我的心又收了回来，收回到了燕园，收回到了我楼旁的小山上，收回到了门前的荷塘内。我最爱的二月兰正在开着花。它们拼命从泥土中挣扎出来，顶住了干旱，无可奈何地开出了红色的、白色的小花，颜色如故，而鲜亮无踪，看了给人以孤苦伶仃的感觉。在荷塘中，冬眠刚醒的荷花，正准备力量向水面冲击。水当然是不缺的，但是，细雨滴在水面上，画成了一个个的小圆圈，方逝方生，方生方逝。这本是人类中的诗人所欣赏的东西，小荷花看了也高兴起来，劲头更大了，肯定会很快地钻出水面。

我的心又收近了一层，收到了这个阳台上，收到了自己的脑子里，头顶上叮当如故，我的心情怡悦有加。但我时时担心，它会突然停下来。我潜心默祷，祝愿雨声长久响下去，响下去，永远也不停。

1995 年 4 月 13 日

回家

从医院里捡回来了一条命，终于带着它回家来了。

由于自己的幼稚、固执、迷信“癣疥之疾”的说法，竟走到了向阎王爷那里去报到的地步。也许是因为文件盖的图章不够数，或者红包不够丰满，被拒收，又溜达回来，住进了三〇一医院。这一所医德、医术、医风三高的医院，把性命奇迹般地还给了我，给了我一次名副其实的新生。

现在我回家来了。

什么叫家？以前没有研究过。现在忽然间提了出来，仍然是回答不上来。要说家是比较长期居住的地方，那么，在欧洲游荡了几百年的吉卜赛人住在流动不居的大车上，这算不算家呢？

我现在不想仔细研究这种介乎形而上学和形而下学之间的学问。还是让我从医院说起吧。

这一所医院是全国著名的，称之为超一流，是完全名副其实的。我相信，即使是最爱挑剔的人也决不会挑出什么毛病来。从医疗设备到医生水平，到病房的布置，到服务态度，到工作效率，等等，无不尽如人意。就是这样一个地方，我初搬入的时候，心情还浮躁过一阵，我想到我那在燕园垂杨深处的家，还有我那盈塘季荷和小波斯猫。但是住过一阵之后，我的心情平静了，我觉得住在这里就像是住在天堂乐园里一般。一个个穿白大褂的护士小姐都像是天使，幸福就在这白色光茫里闪烁。我过了一段十分愉快的生活。约摸一个月以后，病情已经快达到了痊愈的程度。虽然我的生活仍然十分甜美，手脚上长出来的丑类已经完全消灭。笔墨照舞照弄不误。我的心情却无端又浮躁起来。我想到，此地“信美非吾土”。我又想到了我那盈塘的季荷和小波斯猫。我要回家了。

回到朗润园的时候，已是黄昏时分。韩愈诗“黄昏到寺蝙蝠飞”，我现在是“黄昏到园蝙蝠飞”，空中确有蝙蝠飞着。全园还没有到灯火辉煌的程度。在薄暗中，盈塘荷花的绿叶显不出绿色，只是灰蒙蒙的一片。独有我那小波斯猫，不知是从什么地方窜了出来，坐下惊愕了一阵，认出了是我，立即跳了上来，在我的两腿间蹭来蹭去，没完没了。它好像是要说：“老伙计呀！你可是到哪里去了？叫我好想呀！”我一进屋，它立即跳到我的怀里，无论如何，也不离开。

第二天早晨，我照例四点多起床。最初，外面还是一片黢黑，什么东西也看不清。不久，东方渐渐白了起来，天蒙蒙亮了。早晨锻炼的人开始出来了。一个穿红衣服的小伙子跑步向西边去了。接着就从西面走来了那一位挺着大肚子的中年妇女，跟在后面距离不太远的是那一位寡居的教授夫人。这些人都是我天天早上必先见到的人物，今天也不例外。一恍神，我好像根本没有离开过这里。在医院里的四十六天，好像是在宇宙间根本没有存在过，在时间上等于一个零。

等到天光大亮的时候，我仔细观察我的季荷。此时，绿盖满塘，浓碧盈空，看了令人精神为之一振。“心有灵犀一点通”，中国人相信人心是能相通的。我现在却相信，荷花也是有灵魂的，它与人心也能相通的。我的荷花掐指一算，我今年当有新生之喜；于是憋足了劲要大开一番，以示庆祝。第一朵花正开在我的窗前，是想给我一个信号。孤零零的一大朵红花，朝开夜合，确实带给了我极大的欢悦。可是荷花万没有想到，连我自己都没有想到嘛，我突然住进了医院。听北大到医院来看我的人说，荷花先是一朵，后是几朵，再后是十几朵，几十朵，上百朵，超过一百朵，开得盈塘盈池，红光照亮了朗润园，成了燕园中一道亮丽的风景线。可惜我在医院里不能亲自欣赏，只有躺在那里玄想了。

我把眼再略微抬高了一点，看到荷塘对岸的万众楼，依然雕梁画栋，金碧辉煌。楼名是我题写的。因为楼是西向的，我记得过去只有在夕阳返照中才能看清楚那三个金光闪闪的大字。今天，朝阳从楼后升起，楼前当然是黑的；但不知什么东西把阳光反射了回去，那三个大字正处在光环中，依然金光闪闪。这是极细微的小事，但是，我坐在这里却感到有无穷的逸趣。

与万众楼隔塘对峙是一座小山，出我的楼门，左拐走十余步就能走到。记得若干年前，一到深秋，山上的树丛叶子颜色一变，地上的草一露枯黄相，就给人以萧瑟凄清的感觉，这正是悲秋的最佳时刻。后来栽上了丰花月季，据说一年能开花十个月。前几年，一个初冬，忽然下起了一场大雪。小山上的树枝都变成了赤条条毫无牵挂。长在地上的东西都被覆盖在一片茫茫的白色之下。令我吃惊的是，我瞥见一枝月季，从雪中挺出，顶端开着一朵小花，鲜红浓艳，傲雪独立。它仿佛带给我了灵感，带给我了活力，带给我了无穷无尽的希望。我一时狂欢不能自禁。

小山上，树木丛杂，野草遍地，是鸟类的天堂。当前全世界人口爆炸，人与鸟兽争夺生存空间。燕园这一大片地带，如果从空中下看的话，一定是一片浓绿，正是鸟类所垂青的地方。因此，这里的鸟类相对来说是比较多的。每天早晨，最先出现的往往是几只喜鹊，在山上塘边树枝间跳来跳去，兴高采烈。接着出场的是成群的灰喜鹊，也是在树枝间蹦蹦跳跳，兴高采烈。到了春天，当然会有成群的燕子飞来助兴。此时，啄木鸟也必然飞来凑趣，把古树敲得砰砰作响，好像要给这一场万籁齐鸣的音乐会敲起鼓点儿。空中又响起了布谷鸟清脆的鸣声，由远到近，又由近到远，终于消逝在太空中。我感到遗憾的是，以前每天都看到乌鸦从城里飞向远郊，成百，上千，黑压压一片。今天则片影无存了。我又遗憾见不到多少麻雀。20 世纪 50 年代被定为四害之一的麻雀，曾被全国人民群起而攻之，酿成了举世闻名的闹剧。现在则濒于灭绝。在小山上偶尔见到几只，灰头土脑，然而却惊为奇宝了。

幼时读唐诗，读了“西塞山前白鹭飞”，“两个黄鹂鸣翠柳，一行白鹭上青天”，曾向往白鹭青天的境界，只是没有亲眼看见过。一直到 1951 年访问印度，曾在从加尔各答乘车到国际大学的路上，在一片浓绿的树木和荷塘上面的天空里，才第一次看到白鹭上青天的情景，顾而乐之。第二次见到白鹭是在前几年游广东佛山的时候。

在一片大湖的颇为遥远的对岸上绿树成林，树上都开着白色的大花朵。最初我真以为是花。然而不久却发现，有的花朵竟然飞动起来，才知道不是花朵而是白鸟。我又顾而乐之。其实就在我入医院前不久，我曾瞥见一只白鸟从远处飞来，一头扎进荷叶丛中，不知道在里面鼓捣了些什么，过了许久，又从另一个地方飞出荷叶丛，直上青天，转瞬就消逝得无影无踪了。我难道能不顾而乐之吗？

现在我仍然枯坐在临窗的书桌旁边，时间是回家的第二天早上。我的身子确实没有挪窝儿，但是思想却是活跃异常。我想到过去，想到眼前，又想到未来，甚至神驰万里想到了印度。时序虽已是深秋，但是我的心中却仍是春意盎然。我眼前所看到的，脑海里所想到的东西，无一不笼罩上一团玫瑰般的嫣红，无一不闪出耀眼的光芒。记得小时候常见到贴在大门上的一副对联："万物静观皆自得，四时佳兴与人同。"现在朗润园中的万物，鸟兽虫鱼，花草树木，无不自得其乐。连这里的天都似乎特别蓝，水都似乎特别清。眼睛所到之处，无不令我心旷神怡。思想所到之处，无不令我逸兴遄飞。我真觉得，大自然特别可爱，生命特别可爱，人类特别可爱，一切有生无生之物特别可爱，祖国特别可爱，宇宙万物无有不可爱者。欢喜充满了三千大千世界。

现在我十分清醒地意识到，我是带着捡回来的新生回家来了。

我的家是一个温馨的家。

2002年10月14日

黄昏

黄昏是神秘的，只要人们能多活下去一天，在这一天的末尾，他们便有个黄昏。但是，年滚着年，月滚着月，他们活下去。有数不清的天，也就有数不清的黄昏。我要问：有几个人觉到过黄昏的存在呢？——

早晨，当残梦从枕边飞去的时候，他们醒转来，开始去走一天的路。他们走着，走着，走到正午，路陡然转了下去。仿佛只一溜，就溜到一天的末尾，当他们看到远处弥漫着白茫茫的烟，树梢上淡淡涂上了一层金黄色，一群群的暮鸦驮着日色飞回来的时候，仿佛有什么东西轻轻地压在他们心头。他们知道：夜来了。他们渴望着静息，渴望着梦的来临。不久，薄冥的夜色糊了他们的眼，也糊了他们的心。他们在低隘的小屋里忙乱着；把黄昏关在门外，倘若有人问：你看到黄昏了没有？黄昏真美呵。他们却茫然了。

他们怎能不茫然呢？当他们再从屋里探出头来寻找黄昏的时候，黄昏早随了白茫茫的烟的消失，树梢上金黄色的消失，鸦背上白色的消失而消失了。只剩下朦胧的夜，这黄昏，像一个春宵的轻梦，不知在什么时候漫了来，在他们心上一掠，又不知在什么时候走了。

黄昏走了。走到哪里去了呢？——不，我先问：黄昏从哪里来的呢？这我说不清。又有谁说得清呢？我不能够抓住一把黄昏，问它到底。从东方么？东方是太阳出来的地方。从西方么？西方不正亮着红霞么？从南方么？南方只充满了光和热。看来只有说从北方来的适宜了。倘若我们想了开去，想到北方的极北端，是北冰洋和北极，我们可以在想象里描画出：白茫茫的天地，白茫茫的雪原和白茫茫的冰山。再往北，在白茫茫的天边上，分不清哪是天，是地，是冰，是雪，只是朦胧的一片灰白。朦胧灰白的黄昏不正应当从这里蜕化出来么？

然而，蜕化出来了，却又扩散开去。漫过了大平原，大草原，留下了一层阴影；漫过了大森林，留下了一片阴郁的黑暗；漫过了小溪，把深灰的幕色溶入琤琮的水声里，水面在阒静里透着微明；漫过了山顶，留给它们星的光和月的光；漫过了小村，留下了苍茫的暮烟……给每个墙角扯下了一片，给每个蜘蛛网网住了一把。以后，又漫过了寂寞的沙漠，来到我们的国土里。我能想象：倘若我迎着黄昏站在沙漠里，我一定能看着黄昏从辽远的天边上跑了来，像——像什么呢？是不是应当像一阵灰蒙的白雾？或者像一片扩散的云影？跑了来，仍然只是留下一片阴影，又跑了去，来到我们的国土里，随了弥漫在远处的白茫茫的烟，随了树梢上的淡淡的金黄色，也随了暮鸦背上的日色，轻轻地落在人们的心头，又被人们关在门外了。

但是，在门外，它却不管人们关心不关心，寂寞地，冷落地，替他们安排好了一个幻变的又充满了诗意的童话般的世界，朦胧，微明，正像反射在镜子里的影子，它给一切东西涂上银灰的梦的色彩。牛乳色的空气仿佛真牛乳似的凝结起来。但似乎又在软软地黏黏地浓浓地流动哩。它带来了阒静，你听：一切静静的，像下着大雪的中夜。但是死寂么？却并不，再比现在沉默一点，也会变成坟墓般地死寂。仿佛一点也不多，一点也不少，优美的轻适的阒静软软地黏黏地浓浓地压在人们的心头，灰的天空像一张薄幕；树木，房屋，烟纹，云缕，都像一张张的剪影，静静地贴在这幕上。这里，那里，点缀着晚霞的紫曛和小星的冷光。黄昏真像一首诗，一支歌，一篇童话；像一片月明楼上传来的悠扬的笛声，一声缭绕在长空里亮唳的鹤鸣；像陈了几十年的绍酒；像一切美到说不出来的东西。说不出来，只能去看；看之不足，只能意会；意会之不足，只能赞叹。——然而却终于给人们关在门外了。

给人们关在门外，是我这样说么？我要小心，因为所谓人们，不是一切人们，也决不会是一切人们的。我在童年的时候，就常常呆在天井里等候黄昏的来临。我这样说，并不是想表明我比别人强。意思很简单，就是：别人不去，也或者是不愿意去这样做。我（自然还有别人）适逢其会地常常这样做而已。常常在夏天里，我坐在很矮的小凳上，看墙角里渐渐暗了起来，四周的白墙上也布上了一层淡淡的黑影。在幽暗里，夜来香的花香一阵阵地沁入我的心里。天空里飞着蝙蝠。檐角上的蜘蛛网，映着灰白的天空，在朦胧里，还可以数出网上的线条和粘在上面的蚊子和苍蝇的尸体。在不经意的时候蓦地再一抬头，暗灰的天空里已经嵌上闪着眼的小星了。在冬天，天井里满铺着白雪。我蜷伏在屋里。当我看到白的窗纸渐渐灰了起来，炉子里在白天里看不出颜色来的火焰渐渐红起来，亮起来的时候，我也会知道：这是黄昏了。我从风门的缝里望出去：灰白的天空，灰白的盖着雪的屋顶。半弯惨淡的凉月印在天上，虽然有点凄凉；但仍然掩不了黄昏的美丽。这时，连常常坐在天井里等着它来临的人也不得不蜷伏在屋里。只剩了灰蒙的雪色伴了它在冷清的门外，这幻变的朦胧的世界造给谁看呢？黄昏不觉得寂寞么？

但是寂寞也延长不了多久。黄昏仍然要走的。李商隐的诗说：“夕阳无限好，只是近黄昏。”诗人不正慨叹黄昏的不能久留吗？它也真的不能久留，一瞬眼，这黄昏，像一个轻梦，只在人们心上一掠，留下黑暗的夜，带着它的寂寞走了。

走了，真的走了。现在再让我问：黄昏走到哪里去了呢？这我不比知道它从哪里来的更清楚。我也不能抓住黄昏的尾巴，问它到底。但是，推想起来，从北方来的应该到南方去的吧。谁说不是到南方去的呢？我看到它怎样地走了。——漫过了南墙，漫过了南边那座小山，那片树林；漫过了美丽的南国，一直到辽阔的非洲。非洲有耸峭的峻岭，岭上有深邃的永古苍暗的大森林。再想下去，森林里有老虎——老虎？黄昏来了，在白天里只呈露着淡绿的暗光的眼睛该亮起来了吧。像不像两盏灯呢？森林里还该有莽苍葳蕤的野草，比人高。草里有狮子，有大蚊子，有大蜘蛛，也该有蝙蝠，比平常的蝙蝠大。夕阳的余晖从树叶的稀薄处，透过了架在树枝上的蜘蛛网，漏了进来，一条条灿烂的金光，照耀得全林子里都发着棕红色。合了草底下毒蛇吐出来的毒气，幻成五色绚烂的彩雾。也该有萤火虫吧，现在一闪一闪地亮起来了。也该有花，但似乎不应该是夜来香或晚香玉。是什么呢？是一切毒艳的恶之花。在毒气里，不正应该产生恶之花吗？这花的香慢慢融入棕红色的空气里，融入绚烂的彩雾里。搅乱成一团，滚成一团暖烘烘的热气。然而，不久这热气就给微明的夜色消融了。只剩一闪一闪的萤火虫，现在渐渐地更亮了。老虎的眼睛更像两盏灯了。在静默里瞅着暗灰的天空里才露面的星星。

然而，在这里，黄昏仍然要走的。再走到哪里去呢？这却真的没人知道了。——随了淡白的稀疏的冷月的清光爬上暗沉沉的天空里去么？随了眨着眼的小星爬上了天河么？压在蝙蝠的翅膀上钻进了屋檐么？随了西天的晕红消融在远山的后面么？这又有谁能明白地知道呢？我们知道的，只是：它走了，带了它的寂寞和美丽走了，像一丝微飔，像一个春宵的轻梦。

是了。——现在，现在我再有什么可问呢？等候明天么？明天来了，又明天，又明天，当人们看到远处弥漫着白茫茫的烟，树梢上淡淡涂上了一层金黄色，一群群的暮鸦驮着日色飞回来的时候，又仿佛有什么东西压在他们的心头，他们又渴望着梦的来临。把门关上了。关在门外的仍然是黄昏，当他们再伸出头来找的时候，黄昏早已走了。从北冰洋跑了来，一过路，到非洲森林里去了。再到，再到哪里，谁知道呢？然而夜来了，漫长的漆黑的夜，闪着星光和月光的夜，浮动着暗香的夜……只是夜，长长的夜，夜永远也不完，黄昏呢？——黄昏永远不存在人们的心里的。只一掠，走了，像一个春宵的轻梦。

1934 年 1 月 4 日

邻人

古书上说："德不孤，必有邻。"我不知道我是不是有德，但邻人我却是有了，而且很多。因为我现在住在一座外面看上去似乎像工厂的大楼上，上下左右都住着人，也就可以说都是我的邻人。

古时候有德的人的邻人怎样，我不敢说，也很难想象出来。但他们绝对不会像我现在这些邻人这样精深博大，这是我可以断言而引以自傲的。我现在的邻人几乎每个人都是专家。说到中国戏剧，就有谭派正宗，程派嫡传，还有异军突起自创的新腔。说到西洋剧和西洋音乐，花样就更多。有男高音专家，男低音专家，男不高不低音的专家。在这里，人长了嘴仿佛就是为了唱似的。每当晚饭初罢的时候，左面屋子里先涌出一段二簧摇板来。别的屋子当然也不会甘居人后，立刻挤出几支洋歌，其声呜呜然，仿佛是冬夜深山里的狼嗥。我虽然无缘瞻仰歌者的尊容，但我的眼却仿佛能透过墙壁看到他脸上的青筋在鼓胀起来，脖子拼命向上伸长。余音在长长的走廊里回荡，我们这房子可惜看不到梁，不然这余音绕在上面怕是永远再不消逝了。岂能只绕三天呢！古时候圣人在齐闻韶，三月不知肉味。我听了这样好的歌声，吃到肚子里去的肉只是想再吐出来。自己发狠也没办法。以前我也羡慕过圣人，现在我才知道，圣人毕竟是不可及的了。

但这才只是一个开端。不久就来了乐声。不一定从哪间屋子里先飘出一阵似乎是无线电的声音，有几间别的屋子立刻就响应。一转耳间已经是八音齐奏，律吕调畅，真正是洋洋乎盈耳哉。但却苦了我这不懂音乐的人。有时候电忽然停了，论理我应该不高兴。但现在我却从心里喜悦，以为最少这无线电收音机可工作不成了。但我失了望。不久就又是一片乐声从烛光摇曳的屋子里洋溢出来，在黑暗的走廊里回旋。我的高邻们原来又开了留声机。他们一点都不自私，毫不吝啬地把他们的快乐分给我一份，声音之高，震动全楼。他们废寝忘餐地一直玩到深夜，我也只好躺在枕上陪他们，瞪大了眼睛望着黑暗。

他们不但在这方面表现出一点都不自私，在别的方面他们也表现出他们的大度。他们仿佛一点秘密都不想保守。说话的时候，对方当然要听到，这是不成问题的。但他们还恐怕别人听不到，尽量提高了喉咙。有时候隔了几间屋还可以听得清清楚楚。倘若他们在走廊里说话，我的屋里就仿佛装了扩音器，我自己也仿佛在听名人演讲。当他们说话中再加上笑声的时候，那声势就更大。勉强打个譬喻，只有八月中秋的钱塘怒潮可以比得来。真足以振懦起弱，回肠荡气。我们这座楼据说已经有了点年纪，我真担心它会受不住这巨声的震荡蓦地倒下去。

当他们离开自己的屋子或者回自己屋子来的时候，他们也没有秘密，而且是唯恐别人不知道。他们关门的声音和底上钉了铁块的大皮鞋的声音就是用以昭告全楼，说是他们要出去或者回来了。在我的故乡，倘若一个人鬼鬼祟祟的放轻了脚步走到人家窗下去偷听人家的私话，我们就说这个人是踏鸡毛鞋。意思是说他的鞋底是用鸡毛做成的，所以走起路来没有声音。我们的高邻却绝对不踏鸡毛鞋，他们的鞋底是铁做成的。有时候我在屋里静静地看一点书，蓦地听到一阵铁与木头相击的声音，我心里已经知道是我的邻人来了。但我还没来得及再想，轰的一声，我的屋子，当然我也在内，立刻一阵震动，桌上玻璃杯里的水也立刻晃动起来，在电灯光下，起了成圈的水纹，伸张，扩散，幻成一条条的金光。我在大惊之余，脑海里糊涂了一阵。再仔细一想才知道是我的邻人在关门。

这一惊还没有定，头顶上又是轰的一声，仿佛中了一个炸弹。我的神经立刻紧张起来，我忘记我现在是在北平，我又仿佛回到两年前去，在德国一个小城的防空洞里，天空里盘旋着几百架英国飞机，就在不远的地方，响着一声声的炸弹。每一个炸弹一响，我就震得跳起来。每一霎那都在等着一个炸弹在自己头上一响，自己也就像做一个恶梦似的消逝了。自己当时虽然没有真的消逝，但现在却像一个被火烧过的小孩，见了一星星的光，身上也就不自主地战栗起来。但是我的头顶上还没有完。一声轰以后，立刻就听到桌子的腿被拖着在地板上走，地板偏又抵抗，于是发出了令人听了非常不愉快的声音。不久，椅子也被拖着走了，书架也被拖着走了，这一切声音合成一个大交响乐。住在下面的我就只好义务地来听。而且隔上不久，总要重演一次，使我在左右夹攻之中还要注意到更重要的防空。

这种生活确不单调，确不寂寞，也许有不少的人喜欢它。但我却真有点受不了。在篇首我引了两句古书（注：应为“语”）：“德不孤，必有邻。”那么倘若一个人孤而无邻的话，那他就一定是不德了。韩文公说：“足手已无待于外之谓德。”谁都知道德是好东西，我也知道。但倘若现在让我拣选的话，我宁取不德。（红楼小品之一）

1947 年 2 月 5 日

听诗

——欧游散记之一

自己也不知道为什么，从很早的时候，就常有一幅影像在我眼前晃动：我仿佛看到一个垂老的诗人，在暗黄的灯影里，用颤动幽抑的声音，低低地念出自己心血凝成的诗篇。这颤声流到每个听者的耳朵里，心里，一直到灵魂的深深处，使他们着了魔似的静默着。这是一幅怎样动人的影像呢？然而，在国内，我却始终没有能把这幅影像真真地带到眼前来，转变成一幅更具体的情景。这影像也就一直是影像，陪我走过西伯利亚，来到哥廷根。谁又料到在这沙漠似的哥廷根，这影像竟连着两次转成具体的情景，我连着两次用自己的耳朵听到老诗人念诗。连我自己现在想起来，也像回忆一个充满了神奇的梦了。

当我最初看到有诗人来这里念诗的广告贴出来的时候，我的心喜欢得直跳。念诗的是老诗人宾丁（Rudolf G. Binding），又是一个能引起人们的幻想的名字。我立刻去买了票。我真想不到这古老的小城还会有这样的奇迹。离念诗还有十来天，我每天计算着日子的逝去。在这十来天中，一向平静又寂寞的生活竟也仿佛有了点活气，竟也渲染上了点色彩。虽然照旧每天一个人拖了一条影子，走过一段两旁有粗得惊人的老树的古城墙，到大学去；再拖了影子，经过这段城墙走回家来；然而心情却意外地觉得多了点什么了。

终于盼到念诗的日子。从早晨就下起雨来。在哥廷根，下雨并不是什么奇事。而且这里的雨还特别腻人。有时会连着下七八天。仿佛有谁把天钻了无数的小孔似的，就这样不急不慢永远是一股劲向下滴。抬头看灰黯的天空，心里便仿佛塞满了棉花似的窒息。今天的雨仍然同以前一样，然而我的心情却似乎有点不同了。我的心里充满了喜悦，仿佛正有一个幸福就在不远的前面等我亲手去捉。在灰黯的不断漏着雨丝的天空里也仿佛亮着幸福的星。

念诗的时间是在晚上。黄昏的时候，就有一位在这里已经住过七年以上的朋友来邀我。我们一同走出去。雨点滴在脸上，透心地凉，使我有深秋的感觉。在昏暗的灯光中，我们摸进女子中学的大礼堂。里面已经挤了上千的人，电灯照得明耀如白昼。这使我多少有点惊奇，又有点失望。我总以为念诗应该在一间小屋中，暗黄的灯影里，只有几个素心人散落地围坐着；应该是梦似的情景。然而眼前的情景却竟是这样子。但这并不能使我灰心，不久我就又恢复了以前的兴头。在散乱噪杂的声影里期待着。

声音蓦地静下去，诗人已经走了进来。他已经似乎很老了，走路都有点摇晃。人们把他扶上讲台去，慢慢地坐在预备好的椅子上，两手交叉起来，然而不说话。在短短的神秘的寂静中，我的心有点颤抖。接着说了几句引言，论到自由，论到创作。于是就开始念诗。

最初的声音很低，微微有点颤动，然而却柔婉得像秋空的流云，像春水的细波，像一切说都说不出的东西。转了几转以后，渐渐地高起来了。每一行不平常的诗句里都仿佛加入了许多新东西，加入了无量更不平常的神秘的力量。仿佛有一颗充满了生命力的灵魂跳动在里面，连我自己的渺小的灵魂也仿佛随了那大灵魂的节律在跳动着。我眼前诗人的影子渐渐地大起来，大起来，一直大到任什么都看不到。于是只剩了诗人的微颤又高亢的声音不知从什么地方飘了来，宛如从天上飞下来的一道电光，从万丈悬崖上注下来的一线寒流，在我的四周舞动。我的眼前只是一片空蒙，我什么东西都看不到了。四周的一切都仿佛化成了灰，化成了烟；连自己也仿佛化成了灰，化成了烟，随了那一股神秘的力量飞到不知什么地方去了。

不知多久以后，我的四周蓦地一静。我的心一动，才仿佛从一阵失神里转来一样，发现自己仍然坐在这里听诗。定了定神，向台上看了看，灯光照了诗人脸的一半，黑大的影投在后面的墙上。他的诗已经念完，正预备念小说。现在我眼前的幻影一点也不剩了。我抬头看了看全堂的听者，人人都瞪大了眼睛静默着。又看了看诗人，满脸的皱纹在一伸一缩地跳动着：我们很容易看出这位老人是怎样吃力地读着自己的作品。

小说终于读完了。人们又把这位老诗人扶下讲台。热烈的掌声把他送出去，但仍然不停，又把他掭回来，走到讲台的前面，向人们慢慢地鞠了一个躬，才又慢慢地踱出去。

礼堂里立刻起了一阵骚动：人们都想跟了诗人去请他在书上签字。我同朋友也挤了出去，挤到楼下来。屋里已经填满了人。我们于是就等，用最大的耐心等。终于轮到了自己。他签字很费力，手有点颤抖，签完了，抬眼看了看我，我才发现他的眼睛是异常地大的，而且充满了光辉。也许因为看到我是个外国人的缘故，嘴里喃喃地说了一句什么；但没等我说话，后面的人就挤上来把我挤出屋去，又一直把我挤出了大门。

外面雨还没停。一条条的雨丝在昏暗的路灯下闪着光。地上的积水也凌乱地闪着淡光。那一双大的充满了光辉的眼睛只是随了我的眼光转，无论我的眼光投到哪里去，那双眼睛便冉冉地浮现出来。在寂静的紧闭的窗子上，我会看到那一双眼睛；在远处的暗黑的天空里，我也会看到那双眼睛。就这样陪着我，一直陪我到家，又一直把我陪到梦里去。

1936 年 2 月 26 日于德国哥廷根

（文章有删节）

寂寞

寂寞像大毒蛇，盘住了我整个的心，我自己也奇怪：几天前喧腾的笑声现在还萦绕在耳际，我竟然给寂寞克服了吗？

但是，克服了，是真的，奇怪又有什么用呢？笑声虽然萦绕在耳际，早已恍如梦中的追忆了，我只有一颗心，空虚寂寞的心被安放在一个长方形的小屋里。我看四壁，四壁冰冷像石板，书架上一行行排列着的书，都像一行行的石块，床上棉被和大衣的折纹也都变成雕刻家手下的作品了，死寂，一切死寂，更死寂的却是我的心，——我到了庞培（Pompaii）了么？不，我自己证明没有，隔了窗子，我还可以看见袅动的烟缕，虽然还在袅动，但是又是怎样地微弱呢，——我到了西敏斯大寺（Westminster Abbey）了么？我自己又证明没有，我看不到阴森的长廊，看不到诗人的墓圹，我只是被装在一个长方形的小屋里，四周圈着冰冷的石板似的墙壁，我究竟在什么地方呢？桌子上那两盆草的蔓长嫩绿的枝条，反射在镜子里的影子，我透过玻璃杯看到的淡淡的影子；反射在电镀过的小钟座上的影子，在平常总轻轻地笼罩上一层绿雾，不是很美丽有生气的吗？为什么也变成浮雕般呆僵不动呢？——一切完了，一切都给寂寞吞噬了，寂寞凝定在墙上挂的相片上，凝定在屋角的蜘蛛网上，凝定在镜子里我自己的影子上……

一切都真地给寂寞吞噬了吗？不，还有我自己，我试着抬一抬胳膊，还能抬得起，我摆了摆头，镜子里的影子也还随着动，我自己问：是谁把我放在这里的呢？是我自己，现在我才发现，就是自己，我能逃……

我能逃，然而，寂寞又跟上我了呀！在平常我们跑着百米抢书的图书馆，不是很热闹的吗？现在为什么也这样冷清呢？我从这头看到那头，像看到一个朦胧的残梦，淡黄的阳光从窗子里穿进来造成一条光的路，又射在光滑的桌面上，不耀眼，不辉腾，只是死死地贴在桌上，像——像什么呢？我不愿意说，像乡间黑漆棺材上贴的金边，寥寥的几个看书的，错落地散坐着，使我想起到月明夜天空的星子，但也都石像似的坐着，不响也不动。是人么？不是，我左右看全不像。像木乃伊？又不像，因为我闻不到木乃伊应该有的那种香味。像死尸？有点，但也不全像，——我看到他们僵坐的姿势了；我看到他们一个个的翻着的死白的眼了，我现在知道他们像什么，像鱼市里的死鱼，一堆堆地排列着，鼓着肚皮，翻着白眼，可怕！然而我能逃，然而寂寞又跟上了我，我向哪里逃呢？

到了世界的末日了吗？世界的末日，多可怕！以前我曾自己想象，自己是世界上最后的一个生物，因了这无谓的想象，我流过不知多少汗，但是现在却真教我尝到这个滋味了，天空倒挂着，像个盆，远处的西山，近处的楼台，都仿佛剪影似的贴在这灰白盆底上。

小鸟缩着脖子站在土山上，不动，像博物馆里的标本，流水在冰下低缓地唱着丧歌，天空里破絮似的云片，看来像一贴贴的膏药，糊在我这寂寞的心上，枯枝丫杈着，看来像鱼刺，也刺着我这寂寞的心。

但是，我在身旁发现有人影在游动了，我知道，我自己不是世界上最后的生物，我在内心浮起一丝笑意，但是（又是但是）却怪没等这笑意浮到脸上，我又看到我身旁的人也同样翻着死白的眼，像木乃伊？像僵尸？像鱼市上陈列的死鱼？谁耐心去管，战栗通过了我全身，我想逃，寂寞驱逐着我，我想逃，向哪里逃呢？——天哪！我不知道向哪里逃了。

夜来了，随了夜来的是更多的寂寞，当我从外面走回宿舍的时候，四周死一般沉寂，但总仿佛有窸窣的脚步声绕在我四围。说声，其实哪里有什么声呢？只是我觉得有什么东西跟着我而已，倘若在白天，我一定说这是影子；倘若睡着了，我一定说这是梦，究竟是什么呢？我知道，这是寂寞，从远处我看到压在黑暗的夜气下面的宿舍，以前不是每个窗子都射出温热的软光来么？但是，变了，一切变了，大半的窗子都黑黑的，闭着寥寥的几个窗子，无力地迸射出几条光线来，又都是怎样暗淡灰白呢？——不，这不是窗子里射出来的灯光，这是墓地里的鬼火，这是魔窟里发出的魔光，我是到了鬼影憧憧的世界里了，我自己也成了鬼影了。

我平卧在床上，让柔弱的灯光流在我身上，让寂寞在我四周跳动，静听着远处传来的蹬蹬的足音，隐隐地，细细弱弱到听不清，听不见了，这声音从哪里传来的呢？是从辽远又辽远的国土里呀！

是从寂寞的大沙漠里呀！但是，又像比辽远的国土更辽远；我的小屋是坟墓，这声音是从墓外过路人的脚下踶出来的呀！离这里多远呢？想象不出，也不能想象，望吧！是一片茫茫的白海流布在中间，海里是什么呢？是寂寞。

隔了窗子，外面是死寂的夜，从蒙翳的玻璃里看出去，不见灯光；不见一切东西的清晰的轮廓，只是黑暗，在黑暗里的迷离的树影，丫杈着，刺着暗灰的天，在三个月前，这秃光的枯枝上，有过一串串的叶子，在萧瑟的秋风里打战，又罩上一层淡淡的黄雾。再往前，在五六个月以前吧，同样的这枯枝上织一丛丛的茂密的绿，在雨里凝成浓翠；在毒阳下闪着金光，倘若再往前推，在春天里，这枯枝上嵌着一颗颗火星似的红花，远处看，辉耀着，像火焰，——但是，一转眼，溜到现在，现在怎样了呢？变了，全变了，只剩了秃光的枯枝，刺着天空，把小小的温热的生命力蕴蓄在这枯枝的中心，外面披上这层刚劲的皮，忍受着北风的狂吹；忍受着白雪的凝固；忍受着寂寞的来袭，同我一样。它也该同我一样切盼着春的来临，切盼着寂寞的退走吧。春什么时候会来呢？寂寞什么时候会走呢？这漫漫的长长的夜，这漫漫的更长的冬……

1934 年 1 月 22 日

辑五

所有的失去，都将以另一种方式归来

当然这回忆对我是一个无比的重担，但我却甘心肩起这一份重担，而且还希望能肩下去，愈久愈好。

《忆章用》

夜来香开花的时候

夜来香开花的时候，我想到王妈。我不能忘记，在我刚走出童年的几年中，不知道有几个夏夜里，当闷热渐渐透出了凉意，我从飘忽的梦境里转来的时候，往往可以看到窗纸上微微有点白；再一沉心，立刻就有嗡嗡的纺车的声音，混着一阵阵的夜来香的幽香，流了进来。倘若走出去看的话，就可以看到，一盏油灯放在夜来香丛的下面，昏黄的灯光照彻了小院，把花的高大支离的影子投在墙上，王妈坐在灯旁纺着麻，她的黑而大的影子也被投在墙上，合了花的影子在晃动着。

她是老了。我不知道她什么时候到我们家里来的。当我从故乡里来到这个大都市的时候，我就看到她已经在我们家里来来往往地做着杂事。那时，已经似乎很老了。对我，从那时到现在，是一个从莫名其妙的朦胧里渐渐走到光明的一段。最初，我看到一切事情都像隔了一层薄纱。虽然到现在这层薄纱也没能撤去，但渐渐地却看到了一点光亮，于是有许多事情就不能再使我糊涂。就在这从朦胧到光亮的一段里，我们搬过两次家。第一次搬到一条歪曲铺满了石头的街上。王妈也跟了来。房子有点旧，墙上满是雨水的渍痕。只有一个窗子的屋里白天也是暗沉沉的。我童年的大部分的时间就在这黑暗屋里消磨过去。院子里每一块土地都印着我的足迹。现在我还能清晰地记起来屋顶上在秋风里战抖的小草，墙角檐下挂着的蛛网。但倘若笼统想起来的话，就只剩一团苍黑的印象了。

倘若我的记忆可靠的话，在我们搬到这苍黑的房子里第二年的夏天，小小的院子里就有了夜来香。当时颇有一些在一起玩的小孩，往往在闷热的黄昏时候聚在一块，仰卧在席上数着天空里飞来飞去的蝙蝠。但是最引我们注意的却是夜来香的黄花——最初只是一个长长的花苞，我们目不转睛地注视着它。还不开，还不开，蓦地一眨眼，再看时，长长的花苞已经开放成伞似的黄花了。在当时的心里，觉得这样开的花是一个奇迹。这花又毫不吝惜地放着香气。王妈也很高兴。每天她总把所有开过的花都数一遍。当她数着的时候，随时有新的花在一闪一闪地开放着。她眼花缭乱，数也数不清。我们看了她慌张而又用心的神情，不禁一哄笑起来。就这样每一个黄昏都在奇迹和幽香里度过去。每一个夜跟着每一个黄昏走了来。在清凉的中夜里，当我从飘忽的梦境里转来的时候，就可以看到王妈的投在墙上的黑而大的影子在合着夜来香的影子晃动了。

就在这样一个环境里，我第一次觉到我的眼前渐渐地亮起来。以前我看王妈只像一个影子。现在我才发现她也同我一样地是一个活动的人。但是我仍然不明了她的身世。在小小的心灵里，我并想不到她这样大的年纪出来佣工有什么苦衷；我只觉得她同我们住在一起，就是我们家里的一个人，她也应该同我们一样地快活。童稚的心岂能知道世界上还有不快活的事情吗?

在初秋的暴雨里，我看到她提着篮子出去买菜；在严冬大雪的早晨，我看到她点着灯起来生炉子。冷风把她手吹得红萝卜似的开了裂，露出鲜红的肉来。我永远忘不掉这两只有着鲜红裂口的手！她有自己的感情，自己的脾气，这些都充分表示出一个北方农民的固执与倔强。但我在黄昏的灯下却常听到她不时吐出的叹息了。我从小就是孤独的。在我小小的心里，一向感觉到缺少点什么。我虽然从没叹息过，但叹息却堆在我的心里。现在听了她的叹息，我的心仿佛得到被解脱的痛快。我愿意听这样的低咽的叹息从这垂老的人的嘴里流出来。在她，不知因为什么，闲下来的时候，也总爱找着我说话。她告诉我，她的丈夫是她村里唯一的秀才，但没能捞上一个举人就死去了。她自己被家里的妯娌们排挤，不得已才出来佣工。有一个儿子，因为乡里没有饭吃，到关外做买卖去了。留下一个媳妇在这大城里，似乎也不大正经。她又告诉我，她年青的时候，怎样刚强，怎样有本领，和许多别的美德；但谁又知道，在垂老的暮年又被迫着走出来谋生，只落得几声叹息呢?

以后，这叹息就时时可以听到。她特别注意到我衣服寒暖。在冬天里，她替我暖，在夏夜里，她替我用大芭蕉扇赶蚊子。她仍然照常地提着篮子出去买菜，冬天早晨用开了鲜红裂口的手生炉子。当夜来香开花的时候，又可以看到她郑重其事地数着花朵。但在不寐的中夜里，晚秋的黄昏里，却连续听到她的叹息，这叹息在沉寂里回荡着，更显得凄冷了。她仿佛时常有话要说。被追问的时候，却什么也不说，脸上只浮起一片惨笑。有时候有意与无意之间，又说到她年青时候的倔强，她的秀才丈夫。往往归结说到她在关外做买卖的儿子。我们都可以看出来，这老人怎样把暮年的希望和幻想放在她儿子身上。我也曾替她写过几封信给她的儿子，但终于也没能得到答复。这老人心里的悲哀恐怕只有她一个人知道了。

不记得是哪一年，在夏天，又是夜来香开花的时候，她儿子来了信。信里说的，却并不像她想的那样满意，只告诉她，他在关外勤苦几年挣的钱都给别人骗走了；他因为生气，现在正病着，结尾说："倘若母亲还要儿子的话，就请汇钱给我回家。"这样一封信给她怎样的影响，我们大概都可以想象得出。连着叹了几口气以后，她并没说什么话，但脸色却更阴沉了。这以后，没有叹气，我们只看到眼泪。

我前面不是说，我渐渐从朦胧里走向光明里去么？现在我眼前似乎更亮了。我看透了一些事情：我知道在每个人嘴角常挂着的微笑后面有着怎样的冷酷；我看出大部分的人们都给同样黑暗的命运支配着。王妈就在这冷酷和黑暗的命运下呻吟着活下来。我看透了这老人的眼泪里有着无量的凄凉。我也了解了她的寂寞。

在这时候，我们又搬了一次家，只不过从这条铺满了石头的街的中间移到南头。王妈仍然跟了来。房子比以前好一点，再看不到四壁的雨痕和蜘蛛。每座屋子也都有了两个以上的窗子，而且窗子上还有玻璃。尤其使我满意的是西屋前面两棵高过房檐的海棠。时候大概是春天，因为才搬进来的时候，树上还开满着一团团的花。就在这一年的夏天，大概因为院子大了一点吧，满院里，除了一个大水缸养着子午莲和几十棵凤仙花和其他杂花以外，便只看到一丛丛的夜来香。我现在已经不是孩子，有许多地方要摆出安详的样子来；但在夏天的黄昏时候，却仍然做着孩子时候做的事情。我坐在院子里数着天上飞来飞去的蝙蝠。看着夜色慢慢织入夜来香丛里，一片朦胧的薄暗。一眨眼，眼前已经是一片黄黄的伞似的花了。跟着又有幽香流过来。夜里同蚊子打过了仗，好容易睡过去。各样的梦做过了以后，从飘忽的梦境里转来的时候，往往可以看到窗上有点白，听到嗡嗡的纺车的声音。走出去，就可以看到王妈的黑大的投在墙上的影子在合着夜来香的影子晃动了。

王妈更老了。但我仍然只看到她的眼泪。在她高兴的时候，她又谈到她的秀才丈夫，她的不大正经的儿媳妇，和她病倒在关外的儿子。她仍然提着篮子出去买菜，冬天老早起来生炉子，从她走路的样子上看来，她真有点老了；虽然她自己在别人说她老的时候还在竭力否认着。她有颗简单纯朴的心。因了年纪更大的关系，这颗心似乎就更纯朴简单。往往因为少得了一点所应得的东西，我们就可以看到她的干瘪了的嘴并拢在一起，腮鼓着。似乎要有什么话从里面流了出来。然而在这样的情形下往往是没有什么流出的。倘若有人意外地给了她点什么，我们也可以意外地看到这老人从心里流出来的快意的笑了。她不会做荒唐的梦，极小的得失可以支配她的感情。她有一颗简单的心。

日子一天一天地过去，这寂寞的老人就在这寂寞里活下去。上天给了她一个爽直的性情，使她不会向别人买好，不会在应当转圈的时候转圈。因为这，在许多极琐碎的事情上，她给了别人一点小小的不痛快，她自己却得到一个更大的不痛快。这时候，我们就见她在把干瘪了的嘴并拢以后，又在暗暗地流着眼泪了。我们都知道，这眼泪并不像以前想到她儿子时的那眼泪那样有意义。这样的眼泪流多了，顶多不过表示她在应当流的泪以外，还有多余的泪，给自己一点轻松。泪流过了不久，就可以看到她高兴地在屋里来来往往地做着杂事了。她有一颗同孩子一样的简单的心。

在没搬家过来以前，我已经到一个在城外的四面满是湖田和荷池的学校里去读书，就住在那里。只在星期日回家一次。在学校里死沉的空气里住过六天以后，到家里觉得仿佛到了另一个世界。进门先看到王妈的欢乐的微笑。等到踏着暮色走回去的时候，心里竟觉得意外地轻松。这样的情形似乎也延长不算很短的一个期间。虽然我自己的心情随时都有着变化，生活却显得惊人地单调。回看花开花落，听老先生沙着声念古文，拼命地在饭堂里抢馒首，感情冲动的时候，也热烈地同别人打架，时间也就慢慢地过去。

又忘记了是多少时候以后，是星期日，当时我从学校里走回家去的时候，我看到一个黄瘦个儿很高的中年男子在替我们搬移着桌子之类的东西。旁人告诉我，这就是王妈的儿子。几个月以前她把储蓄了几年的钱都汇给他，现在他居然从关外回到家来了。但带回来的除了一床破棉被以外，就剩了一个有着几乎各类的一个他那样用自己的力量来换面包的中年人所能有的病的身子，和一双连霹雳都听不到的耳朵。但终于是个活人，是她的儿子，而且又终于回到家里来了。

王妈高兴。在垂暮的老年，自己的独子，从迢迢的塞外回到她跟前来，这样奇迹似的遭遇怎能不使她高兴呢？说到儿子的身体和病，她也会叹几口气，但儿子终于是儿子，这叹息掩不过她的高兴的，不久，她那不大正经的媳妇也不知从哪里名正言顺地找了来，于是一个小家庭就组成了。儿子显然不能再干什么重劳力的活了，但是想吃饭除了劳力之外又似乎没有第二条路可走。在我第二星期回到家里来的时候，就看到她那说话也需要打手势的儿子在咳嗽着一出一进地挑着满桶的水卖钱了。

这以后，对王妈，对我们家里的人，有一个惊人的大转变。从她那里，我们再听不到叹息，看不到眼泪，看到的只有微笑。有时儿子买了一个甜瓜或柿子，甚至几个小小的梨，拿来送给母亲吃。儿子笑，不说话；母亲也笑，更不说话。我们都可以看出来这笑怎样润湿了这老人的心。每逢过节，或特别日子的时候，儿子把母亲接回家去。当吃完儿子特别预备的东西走回来的时候，这老人脸上闪着红光。提着篮子买菜也更带劲，冬天早晨也更起得早。生命对她似乎是一杯香醪。她高兴地活下去，没有了寂寞，也没有了凄凉，即便再说到她丈夫的时候，也只有含着笑骂一声“早死的死鬼！”接着就兴高采烈地夸起自己年青时的美德来了。我们都很高兴。我们眼看着这老人用手捉住自己的希望和幻想。辛勤了几十年，现在这希望才在她心里开成了花。

日子又平静地过下去。微笑似乎没离开过她。这老人正做着一个天真的梦。就这样差不多过了一年的时间。中间我还在家里住了一个暑假，每天黄昏时候，躺在院子里的竹床上，数着天上的蝙蝠。夜来香每天照例一闪便开了。我们欣赏着花的香，王妈更起劲地像煞有介事似的数着每天开过的花。但在暑假过了以后，当我再每星期日从学校里走回家来的时候，我看到空气似乎有点不同。从王妈那里我又常听到叹息了。她又找着我说话，她告诉我，儿子常生病，又聋。虽然每天拼命挑水，在有点近于接受别人恩惠的情形下接了别人的钱，却连肚皮也填不饱。这使他只有更拼命；然而结果，在已经有了的病以外，又添了其他可能的新病。儿媳妇也学上了许多新的譬如喝酒抽烟之类的毛病。她丈夫自然不能满足她；凭了自己的机警，公然在她丈夫面前同别人调情，而且又进一步姘居起来了。这老人早起晚睡侍候别人颜色挣来的钱，以前是被严谨地锁在一个箱子里的，现在也慢慢地流出来，换成面包，填充她儿子的肚皮了。她为儿子的病焦灼，又生媳妇的气；却没办法。这有一颗简单的心的老人只好叹息了。

儿子病的次数加多起来，而且也厉害起来。在很短的期间，这叹息就又转成眼泪了。以前是因为有幻想和希望而不能捉到才流泪；现在眼看着幻想和希望要在自己手里破碎，这泪当然更沉痛了。我虽然不常在家里，但常听人们说到，每次她从儿子那里回来的时候，总带回来惊人多的叹息和眼泪。问起来，她就说到儿子怎样病，几天不能挑水，柴米没有，媳妇也不知道跑到什么地方去了。于是在静寂的中夜里，就又常听到她低咽的暗泣。她现在再也没有心绪谈到她的秀才丈夫，夸耀自己年青时的美德，处处都表示出衰老的样子。流泪成了日常的工作；泪也终于流不完。并没延长了多久，她有了病，眼也给一层白膜障上了。她说，她不想死。真的，随处都表示出，她并不想死。她请医生，供神水，喝符，用大葱叶包起七个活着的蜘蛛生生吞下去，以及一切的偏方正方。为了自己的身子，她几乎忘掉了一切。大约有几个月以后吧，身子好了，却只剩下了一只眼。

她更显得衰老了。腰佝偻着，剩下的一只眼似乎也没有什么大用。走路的时候，只是用手摸索着走上去。每次我看她拿重一点的东西而曲着背用力的时候，看到她从儿子那里回来含着泪慢慢地踱进自己的幽暗的小屋里去的时候，我真想哭。虽然失掉一只眼睛，但并没有失掉了固有的性情，她仍然倔强，仍然不会买好，不会在应当转圈的时候转圈；也就仍然常常碰到点小不痛快，流两次无所谓的眼泪。她同以前一样，有着一颗简单又纯朴的心。

四年前，为了一个近于荒诞的理想，我从故乡来到这辽远的故都里。我看到的自然是另一个新的世界，但这世界却不能吸引着我；我时常想到王妈，想到她数夜来香的神情，想到她红萝卜似的开了鲜红裂口的手。第一年寒假回家的时候，迎着我的是她的欢迎的微笑。只有我了解她这笑是怎样勉强做出来的。前年的冬天，我又回家去。照例一阵微微的晕眩以后，我发现家里少了一个人，以前笑着欢迎我的王妈到哪里去了呢？问起来，才知道这老人已经回老家去了。在短短的半年里，她又遭遇到许多不如意的事情。因为看到放在儿子身上的希望和幻想渐渐渺茫起来，又因为自己委实得有点老了，于是就用勉强存起来的一点钱在老家托人买了一口棺材。这老人已经看透了自己一生决定了不过是这么回事；趁着没死的时候，预备点东西，过一个痛快的死后的生活吧。但这口棺材却毫无理由地被她一个先死去的亲戚占去了。从年青时候守节受苦，到垂老的暮年出来佣工，辛苦了一生，老把自己的希望和幻想拴在儿子身上，结果是幻灭；好容易自己又制了一个死后的美丽的梦，现在又给打碎了。她不懂怎样去诉苦，也没人可诉。这颗经了七十年痛创的简单又纯朴的心能容得下这些破损吗？她终于病倒了。

正要带着儿子和媳妇回老家去养病的时候，儿子竟然经不起病的摧折死去了。我不忍去想象，悲哀怎样啮着这老人的心。她终于回了家。我们家里派了一个人去送她。临走的时候，她还带着恳乞的神气说：“只要病好了，我还回来。”生命的火还在她心里燃烧着，她不想死的。在严冬的大风雪里，在灰黯的长天下，坐在一辆独轮小车上，一个垂老的人，带了自己独子的棺材，带了一个艰苦地追求了一辈子而终于得到的大空虚，带了一颗碎了的心，回到自己的故乡里去，把一切希望和幻想都抛到后面，人们大概总能想象到这老人的心情吧！我知道会有种种的幻影在她眼前浮掠，她会想到过去自己离开家时的情景，然而现在眼前明显摆着的却是一个不可避免的黑洞，一切就都归到这洞里去。车走上一个小木桥的时候，忽然翻下河去，这老人也被倾到水里。被人捞上来的时候，浑身都结了冰。她自己哭了，别人也都哭起来。人生到这样一个地步，还有什么话可以说呢？这纯朴的老人也不能不咒骂自己的命运了。

我不忍去想象，她怎样在那穷僻的小村里活着的情形。听人说，剩下的一只眼睛也哭得失了明。自己的房子已经卖给别人，只好借住在亲戚家里。一闭眼，我就仿佛能看到她怎样躺到床上呻吟，但没有人去理会她；她怎样起来沿着墙摸索着走，她怎样呼喊着老天。她的红萝卜似的开了裂口流着红血的手在我眼前颤动……以前存的钱一个也没能剩下，她一定会回忆到自己困顿的一生，受尽人们的唾弃，老年也还免不了早起晚睡侍候别人的颜色；到死却连自己一点无论怎样不能成为希望和幻想的希望和幻想都一个不剩地破碎了去。过去的黑影沉重地压在她心头。人到欲哭无泪的地步，还有什么话可说呢？我听不到她的消息，我只有单纯地有点近于痴妄地希望着，她能好起来，再回到我们家里去。

但这岂是可能的呢？第二年暑假我回家的时候，就听人说，王妈死了。我哭都没哭，我的眼泪都堆在心里，永远地。现在我的眼前更亮，我认识了怎样叫人生，怎样叫命运。——小小的院子里仍然挤满了夜来香。黄昏里我仍然坐在院子里的竹床上，悲哀沉重地压住了我的心。我没有心绪再数蝙蝠了。在沉寂里，夜来香自己一闪一闪地开放着，却没有人再去数它们。半夜里，当我再从飘忽的梦境里转来的时候，看不到窗上的微微的白光，也再听不到嗡嗡的纺车的声音，自然更看不到照在四面墙上的黑而大的影子在合着历乱的枝影晃动。一切都死样的沉寂。我的心寂寞得像古潭。第二天早晨起来的时候，整夜散放着幽香的夜来香的伞似的黄花枝枝都枯萎了。没了王妈，夜来香哪能不感到寂寞呢？

1935 年

Wala

总有一个女孩子的面影飘动在我的眼前：淡红的双腮，圆圆的大眼睛。这面影对我这样熟悉，却又这样生疏。每次当它浮起来的时候，我一点也不去理会，它只是这么摇摇曳曳地在我眼前浮动一会，蓦地又暗淡下去，终于消逝到不知什么地方去了。我的记忆也自然会随了这消逝去的影子追上去，一直追到六年前的波兰车上。

也是同现在一样的夏末秋初的天气，我在赤都游了一整天以后，脑海里装满了红红绿绿的花坛的影像，走上波德通车。我们七个中国同学占据了一个车厢，谈笑得颇为热闹。大概快到华沙了吧，车里渐渐暗了下来，这时忽然走进一个年青的女孩子来。我只觉得有一个秀挺的身影在我眼前一闪，还没等我细看的时候，她已经坐在我的对面。我的地理知识本来不高明。在国内的时候，对波兰我就不大清楚，对波兰的女孩子更模糊成一团。后来读到一位先生游波兰描写波兰女孩子的诗，当时的印象似乎很深，但不久就渐渐淡了下来，终于连一点痕迹都没有了。然而现在自己竟到了波兰，而且对面就坐了一个美丽的波兰女孩子：淡红的双腮，圆圆的大眼睛。

倘若在国内的话，七个男人同一个孤身的女孩子坐在一起，我们即使再道学，恐怕也会说一两句带着暗示的话，让女孩子红上一阵脸，我们好来欣赏娇羞含怒然而却又带笑的态度。然而现在却轮到我们红脸了。女孩子坦然地坐在那里，脸上挂着一丝微笑，把我们七个异邦的青年男子轮流看了一遍，似乎想要说话的样子。但我们都仿佛变成在老师跟前背不出书来的小学生，低了头，没有一个人敢说些什么。终于还是女孩子先开了口。她大概知道我们不能说波兰话，只用德文问我们会说哪一国的话。我们七个中有一半没学过德文。我自己虽然学过，但也只是书本子里的东西。现在既然有人问到了，也只好勉强回答说自己会说德文。谈话也就开始了，而且还是愈来愈热闹。我们真觉得语言的功用有时候并不怎样大，静默或其他别的动作还能表达更多更复杂更深刻的思想。当时我们当然不能长篇大论地叙述什么，有的时候竟连意思都表达不出来，这时我们便相对一笑，在这一笑里，我们似乎互相了解了更多更深的东西。刚才她走进来的时候，先很小心地把一个坐垫放在座位上，然后坐下去。经过了也不知道多少时候，我蓦地发现这坐垫已经移到一位中国同学的身子下面去；然而他们两个人都没注意到，当时热闹的情形也可以想见了。

在满洲里的时候，我们曾经买了几瓶啤酒似的东西。一路上，每到一个大车站，我们就下去用铁壶提开水来喝，这几瓶东西却始终珍惜着没有打开。现在却仿佛蓦地有一个默契流过我们每个人的心中，一位同学匆匆忙忙地找出来了一瓶打开，没有问别人，其余的人也都兴高采烈地帮忙找杯子，没有一个人有半点反对的意思。

不用说，我们第一杯是捧给这位美丽的女孩子的。她用手接了，先不喝，问我这是什么。我本来不很知道这究竟是什么，反正不过是酒一类的东西，而且我脑子里关于这方面的德文字也就只有一个酒字，就顺口回答说："是酒。"她于是喝了一口，立刻抬起眼含着笑仿佛谴责似的问着我说："你说是酒？"这双眼睛这样大，这样亮，又这样圆，再加上玫瑰花似的微笑，这一切深深地压住了我的心，我本来没有意思辩解，现在更没话可说，其实也不能说什么话了。她没有再说什么，拿出她自己带来的饼干分给我们吃。我们又吃又喝，忘记了现在是在火车上，是在异域；忘记了我们是初相识的异国的青年男女，根本忘记了我们自己，忘记了一切。她皮包里带着许多相片，她一张一张地拿给我们看。我们也把我们身边带的书籍画片，甚至连我们的毕业证书都找出来给她看。小小的车厢里充满了融融的欣悦。一位同学忽然问她叫什么名字，她立刻毫不忸怩地把自己的名字写在我们的簿子上：Wala，一个多么美妙令人一听就神往的名字！

大概将近半夜了吧，我走到另外一个车厢里想去找一个地方睡一会。终于在一个角落里找到一个位子。对面坐了一位大鼻子的中年人。才一出国，看到满车外国人，已经有点觉得生疏；再看了他这大鼻子，仿佛自己已经走进了一个童话的国土里来，有说不出的感觉。这大鼻子仿佛有魔力，把我的眼睛吸住，我非看不行。我敢发誓，我一生还没有看到这样大的鼻子。他耳朵上又罩上了无线电收音机，衬上这生在脸正中的一块大肉，这一切合起来凑成一幅奇异的图案画，看了我再也忍不住笑起来。但他偏又高兴同我说话，说着破碎的英语，一手指着自己的头，一手指着远处坐着的Wala，头摇了两摇，奇异的图案画上浮起一丝鄙夷微笑。我抬起头来看了看Wala，才发现她头上戴了一顶红红绿绿的小帽子。刚才我竟没有注意到，我的全部精神都让她的淡红的双腮同圆圆的大眼睛吸住了。现在忽然发现她头上的小帽子，只觉得更增加了她的妩媚。一直到现在我还不明白，这位中年人为何讨厌这一顶同她的秀美的面孔相得益彰的小帽子。

我现在已经忆不起来，我们是怎样分的手。大概是我们，至少是我，坐着朦朦胧胧地睡了会，其间Wala就下了车。我当时醒了后确曾觉得非常值得惋惜，我们竟连一声再会都没能说，这美丽的女孩子就像神龙似的去了。我仿佛看了一个夏夜的流星。但后来自己到了德国，蓦地投到一个新的环境里去，整天让工作压得不能喘一口气。以前在国内的时候，无论是做学生，是教书，尽有余裕的时间让自己的幻想出去飞一飞，上至青天，下至黄泉，到种种奇幻的世界里去翱翔，想到许多荒唐的事情，摹绘给自己种种金色的幻影，然后再回到这个世界里来。现在每天对着自己的全是死板板的现实，自己再没有余裕把幻想放出去，Wala的影子似乎已经从我的记忆里消逝了去，我再也想不到她了。这样就过去了六个年头。

前两天，一个细雨萧索的初秋的晚上，一位中国同学到我家里来闲谈。谈到附近一个菜园子里新近来了一个波兰女孩子在工作。这女孩子很年青，长得又非常美丽，父母都很有钱。在波兰刚中学毕业，正要准备进大学的时候，德国军队冲进波兰。在听过几天飞机大炮以后，于是就来了大恐怖，到处是残暴与血光。在风声鹤唳的情况里过了一年，正在庆幸着自己还能活下去的时候，又被希特勒手下的穿黑衣服的两足走兽强迫装进一辆火车里运到德国来，终于被派到哥廷根来，在这个菜园子里做下女。她天天做着牛马的工作，受着牛马的待遇，一生还没有做过这样的苦工。出门的时候，衣襟上还要挂上一个绣着P字的黄布，表示她是波兰人，让德国人随时都能注意她的行动；而且也只能白天出门，晚上出去捉起来立刻入监狱。电影院戏院一类娱乐的地方是不许她去的。衣服票鞋票当然领不到，衣服鞋破了也只好将就着穿，所以她这样一个年青又美丽的女孩子，衣服是破烂不堪的，脚下穿的又是木头鞋。工资少到令人吃惊。回家的希望简直更渺茫，只有天知道，她什么时候能再见到她的故乡，她的父母！我的朋友也不由得叹了一口气。

我的眼前电火似的一闪，立刻浮起Wala的面影，难道这个女孩子就是Wala么？但立刻我又自己否认，这不会是她的，天下不会有这样凑巧的事情。然而立刻又想到，这女孩子说不定就是Wala，而且非是她不行；命运是非常古怪的，它有时候会安排下出人意料的事情。就这样，我的脑海里纷乱成一团，躺下无论如何也睡不着，伏在枕上听窗外雨声滴着落叶，一直到不知什么时候。

第二天早晨起来，到研究所去的时候，我就绕路到那菜园子去。这里我以前本来是常走的，一切我都很熟悉。但今天我看到这绿绿的菜畦，黄了叶子的苹果树，中间一座两层的小楼，我的眼前发亮，一切都蓦地对我生疏起来，我仿佛第一次看到这许多东西，我简直失了神似的，觉得以前菜畦没有这样绿，苹果树的叶子也没有黄过，中间并没有这样一座小楼。但现在却清清楚楚地看到眼前有这样一座楼，小小的红窗子就对着黄了叶子的苹果林，小巧得古怪又可爱。我注视这窗口，每一刹那我都盼望着，蓦地会有一个女孩子的头探出来，而且这就是Wala。在黄了叶子的苹果树下面，我也每一刹那都在盼望着，蓦地会有一个秀挺的少女的身影出现，而且这也就是Wala。但我什么也没看到。我带了一颗失望的心走到研究所，工作当然做不下去。黄昏回家的时候，我又绕路从这菜园子旁边走过，我直觉地觉得反正在离我住的地方不远的小楼里有一个Wala在；但我却没有一点愿望再看这小楼，再注视这窗口，只匆匆走过去，仿佛是一个被检阅的兵士。

以后，我每天要绕路到那菜园子附近去走上两趟。我什么也没看到，而且我也不希望看到什么，因为我现在已经知道，这女孩子不会是Wala了。不看到，自己心里终究有一个极渺茫极不成希望的希望：说不定她就真是Wala。怀了这渺茫的希望，回到家来，每当夜深人静的时候，就把幻想放出去，到种种奇幻的世界里去翱翔，想到许多荒唐的事情，给自己摹描种种金色的幻影。这幻想会自然而然地把我带到六年前的波兰车上。我瞪大了眼睛向眼前的空虚处看去，也自然而然地有一个这样熟悉而又这样生疏的女孩子的面影摇摇曳曳地浮现起来：淡红的双腮，圆圆的大眼睛。

我每次想到的就是这似乎平淡然而却又很深刻的诗句："同是天涯沦落人。"因为，我已经再不怀疑，即使这女孩子不是Wala，但Wala的命运也不会同这女孩子的有什么区别，或者还更坏。她也一定是在看过残暴与血光以后，被另外一个希特勒手下的穿黑衣服的两足走兽强迫装进一辆火车里拖到德国来，在另一块德国土地上，做着牛马的工作，受着牛马的待遇，出门的时候也同样要挂上一个P字黄牌，同样不能看到她的父母，她的故乡。但我自己的命运又有什么两样呢？不正有另一群兽类在千山万山外自己的故乡里散布残暴与火光吗？故乡的人们也同样做着牛马的工作，受着牛马的待遇，自己也同样不能见到自己的家属，自己的故乡。“同是天涯沦落人”，但是我们连“相逢”的机会都没有，我真希望我们这曾经一度“相识”者能够相对流一点泪，互相给一点安慰。但是，即使她现在有泪，也只好一个人独洒了，她又到什么地方能找到我呢？有时候，我曾经觉得世界小过，小到令人连呼吸都不自由；但现在我却觉得世界真正太大了。在茫茫的人海里，找寻她，不正像在大海里找寻一粒芥子么？我们大概终不能再会面了。

1941年于德国哥廷根

忆章用

我一直到现在还不能相信，他竟撒手离开现在的这个世界去了。我自己的生命虽然截止到现在还说不上怎样太长；但在这不太长的过去的生命中，他的出现却更短，短到令人怀疑是不是曾经有过这样一回事。倘若要用一个譬喻的话，我只能把他比作一颗夏夜的流星，在我的生命的天空中，蓦地拖了一条火线出现了，蓦地又消逝到暗冥里去。但在这条火线留下的影子却一直挂在我的记忆的丝缕上，到现在，已经是隔了几年了，忽然又闪耀了起来。

人的记忆也是怪东西，在每一天，不，简直是每一刹那，自己所遇到的大大小小的事情中，在风起云涌的思潮中，有后来想起来认为是极重大的事情，但在当时看过想过后不久就忘却了，费很大的力量才能再回忆起来。但有的事情，譬如说一个人笑的时候脸部构成的图形，一条柳枝摇曳的影子，一片花瓣的飘落，在当时，在后来，都不认为有什么不得了；但往往经过很久很久的时间，却随时能明晰地浮现在眼前，因而引起一长串的回忆。到现在很生动地浮现在我眼前，压迫着我想到俊之（章用）的，就是他在谈话中间静默时神秘地向眼前空虚处注视的神态。

但说来已经是六年前的事情了。六年前的深秋，我从柏林来到哥廷根。第二天起来，在街上走着的时候，觉得这小城的街特别长，太阳也特别亮，一切都浸在一片白光里。过了几天，就在这样的白光里，我随了一位中国同学走过长长的街去访俊之。他同他母亲赁居一座小楼房的上层，四周全是花园。这时已经是落叶满地，树头虽然还挂了几片残叶，但在秋风中却只显得孤伶了。那一次究竟说了些什么话，现在已经记不清了。似乎他母亲说话最多，俊之并没有说多少。在谈话中间静默的一刹那，我只注意到，他的目光从眼镜边上流出来，神秘地注视着眼前的空虚处。

就这样，我们第一次见面他给我的印象是颇平常的；但不知为什么，以后竟常常往来起来。他母亲人非常慈和，很能谈话。每次会面，都差不多只有她一个人独白，每次都感觉不到时间的逝去，等到觉得屋里渐渐暗起来，却已经晚了，结果每次都是仓仓促促辞了出来，摸索着走下黑暗的楼梯，赶回家来吃晚饭。为了照顾儿子，她在这离开故乡几万里的寂寞的小城里陪儿子一住就是七八年，只是这一件，就足以打动了天下失掉了母亲的孩子们的心，让他们在无人处流泪，何况我又是这样多愁善感？又何况还是在这异邦的深秋呢？我因而常常想到在故乡里萋萋的秋草下长眠的母亲，到俊之家里去的次数也就多起来。

哥廷根的秋天是美的，美到神秘的境地，令人说不出，也根本想不到去说。有谁见过未来派的画没有？这小城东面的一片山林在秋天就是一幅未来派的画。你抬眼就看到一片耀眼的绚烂。只说黄色，就数不清有多少等级，从淡黄一直到接近棕色的深黄，参差地抹在这一片秋林的梢上，里面杂了冬青树的浓绿，这里那里还点缀上一星星的鲜红，给这惨淡的秋色涂上一片凄艳。就在这林子里，俊之常陪我去散步。我们不知道曾留下多少游踪。林子里这样静，我们甚至能听到叶子辞树的声音。倘若我们站下来，叶子也就会飘落到我们身上。等到我们理会到的时候，我们的头上肩上已经满是落叶了。间或前面树丛里影子似的一闪，是一匹被我们惊走的小鹿，接着我们就会听到窸窣的干叶声，渐远，渐远，终于消逝到无边的寂静里去。谁又会想到，我们竟在这异域的小城里亲身体会到“叶干闻鹿行”的境界？但这情景都是后来回忆时才觉到的，在当时，我们却没有，或者可以说很少注意到：我们正在热烈地谈着什么。他虽然念的是数学；但因为家学渊源，对中国旧文学很有根底，作旧诗更是经过名师的指导，对哲学似乎比对数学的兴趣还要大。我自己虽然一无所成；但因为平常喜欢浏览，所以很看了些旧诗词，而且自己对许多文学上的派别和几个诗人还有一套看法。平时难得解人，所以一直闷在心里，现在居然有人肯听，于是我就一下子倾出来。看了他点头赞成的神气，我的意趣更不由得飞动起来，我忘记了时间，忘记了世界，连自己也忘记了。往往是看到桦树的白皮上已经涂上了淡红的夕阳，才知道是应该下山的时候。走到城边，就看到西面山上一团紫气，不久天上就亮起星星来了。

等到林子里最后的几片黄叶也落净了的时候，不久就下了第一次的雪。哥城的冬天是寂寞的。天永远阴沉，难得看到几缕阳光。在外面既然没有什么可看，人们又觉得炉火可爱起来。有时候在雪意很浓的傍晚，他到我家里来闲谈。他总是靠近炉子坐在沙发上，头靠在后面的墙上。我们总有说不完的话，大半谈的仍然是哲学宗教上的问题；但转来转去，总转到中国旧诗上。他说话没有我多。当我滔滔不绝地说着的时候，他只是静静地听，脸上又浮起那一片神秘的微笑，眼光注视着眼前的空虚处。同我一样，他也会忘记了时间，现在轮到他摸索着走下黑暗的楼梯赶回家去吃晚饭了。

后来这情形渐渐多起来。等到我们再聚到一起的时候，章伯母就笑着告诉我，自从我到了哥廷根，他儿子仿佛变了一个人，以前同他母亲也不大多说话，现在居然有时候也显得有点活泼了。他在哥城八年，除了间或到范禹（龙丕炎）家去以外，很少到另外一位中国同学家里去，当然更谈不到因谈话而忘记了吃晚饭。多少年来，他就是一个人到大学去，到图书馆去，到山上去散步，不大同别人在一起。这情形我都能想象得到，因为无论谁只要同俊之见上一面，就会知道，他是孤高一流的人物。这样一个人怎么能够同其他油头粉面满嘴里离不开跳舞电影的留学生们合得来呢？

但他的孤高并不是矫揉造作的，他也并没有意思去装假名士。章伯母告诉我，他在家里，也总是一个人在思索着什么，有时坐在那里，眼睛愣愣的，半天不动。他根本不谈家常，只有谈到学问，他才有兴趣。但老人家的兴趣却同他的正相反，所以平常时候母子相对也只有沉默着一句话也不说了。他对吃饭也感不到多大兴趣，坐在饭桌旁边，嘴里嚼着什么，眼睛并不看眼前的碗同菜，脑筋里似乎正在思索着只有他自己知道的问题。有时候，手里拿着一块面包，站起来，在屋里不停地走，他又沉到他自己独有的幻想的世界里去。倘若叫他吃，他就吃下去；倘若不叫他，他也就算了。有时候她同他开个玩笑，问他刚才吃的是什么东西，他想上半天，仍然说不上来。这是他自己说起来都会笑的。过了不久，我就有机会证实了章伯母的话。这所谓“不久”，我虽然不能确切地指出时间来；但总在新年过后的一二月里，小钟似的白花刚从薄薄的雪堆里挣扎出来，林子里怕已经抹上淡淡的一片绿意了。章伯母因为有事情到英国去了，只留他一个人在家里。我因为学系不能决定，有时候感到异常的烦闷，所以就常在傍晚的时候到他家里去闲谈。我差不多每次都看到桌子上一块干面包，孤伶地伴着一瓶凉水。问他吃过晚饭没有，他说吃过了。再问他吃的什么，他的眼光就流到那一块干面包和那一瓶凉水上去，什么也不说。他当然不缺少钱买点香肠牛奶什么的；而且煤气炉子也就在厨房里，只要用手一转，也就可以得到一壶热咖啡；但这些他都没做，也许是忘记了，也许根本没有兴致想到这些琐碎的事情，他脑筋里正盘旋着什么问题。在这时候，最简单的办法当然就是向面包盒里找出他母亲吃剩下的面包，拧开凉水管子灌满一瓶，草草吃下去了事。既然吃饭这事情非解决不行，他也就来解决；至于怎样解决，那又有什么重要呢？反正只要解决过，他就能再继续他的工作，他这样就很满意了。

我将怎样称呼他这样一个人呢？在一般人眼中，他毫无疑问的是一个怪人，而且他和一般人，或者也可以说，一般人和他合不来的原因恐怕也就在这里面。但我从小就有一个偏见，我最不能忍受四平八稳处事接物面面周到的人物。我觉得，人不应该像牛羊一样，看上去都差不多，人应该有个性。然而人类的大多数都是看上去都差不多的角色。他们只能平稳地活着，又平稳地死去，对人类对世界丝毫没有影响。真正大学问大事业是另外几个同一般人不一样，甚至被他们看作怪人和呆子的人做出来的。我自己虽然这样想，甚至也试着这样做过，也竟有人认为我有点怪；但我自问，有的时候自己还太妥协平稳，同别人一样的地方还太多。因而我对俊之，除了羡慕他的渊博的学识以外，对他的为人也有说不出来的景仰了。

在羡慕同景仰两种心情下，我当然高兴常同他接近。在他那方面，他也似乎很高兴见到我。到现在还不能忘记，每次我找他到小山上去散步，他都立刻答应，而且在非常仓皇的情形下穿鞋穿衣服，仿佛一穿慢了，我就会逃掉似的。我们到一起，仍然有说不完的话，我们谈哲学，谈宗教，仍然同以前一样，转来转去，总转到中国旧诗上去。他把他的诗集拿给我看，里面的诗并不多，只是薄薄的一本。我因为只仓卒翻了一遍，现在已经记不清，里面究竟有些什么诗。我用尽了力想，只能想起两句来：“频梦春池添秀句，每闻夜雨忆联床。”他还告诉我，到哥城八年，先是拼命念德文，后来入了大学，又治数学同哲学，总没有余裕和兴致来写诗；但自从我来以后，他的诗兴仿佛又开始汹涌起来，这是连他自己都没想到的——

果然，过了不久，又在一个傍晚，他到我家里来。一进门，手就向衣袋里摸，摸出来的是一个黄色的信封，里面装了一张硬纸片，上面工整地写着一首诗：

空谷足音一识君
相期诗伯苦相薰
体裁新旧同尝试
胎息中西沐见闻
胸宿赋才徕物与
气嘘史笔发清芬
千金敝帚孰轻重
后世凭猜定小文

我看了脸上直发热。对旧诗，我虽然喜欢胡谈乱道；但说到做，我却从来没尝试过，可以说是一个十足的门外汉，我哪里敢做梦做什么“诗伯”呢？但他的这番意思我却只有心领了。

这时候，我自己的心情并不太好，他也正有他的忧愁。七八年来，他一直过着极优裕的生活。近一两年来，国内的地租忽然发生了问题，于是经济来源就有了困难。对于他这其实都算不了什么，因为我知道，只要他一开口，立刻就会有人自动地送钱给他用，而且，据他母亲告诉我，也真地已经有人寄了钱来，譬如一位德国朋友，以前常到他家里去吃中国饭，现在在另外一个大学里当讲师，就寄了许多钱来，还愿意以后每月寄。然而俊之都拒绝了。我也同他谈过这事情，我觉得目前用朋友几个钱完成学业实在是无伤大雅的；但他却一概不听，也不说什么理由，我自己根本没有多少钱，领到的钱也不过刚够每月的食宿，一点也不能帮他的忙。最初听到他说，他不久就要回国去筹款，心中有说不出的难过。后来他这计划终于成为事实了。每次到他那里去，总看到他忙忙碌碌地整理书籍。我不愿意看这一堆堆横七竖八躺在地上的书籍。我觉得有什么地方对他不起，心里凭空惭愧起来。

在不知不觉时，时间已经由暮春转入了初夏。哥廷根城又埋到一团翠绿里去。俊之起程的日子也决定了。在前一天的晚上，我们替他饯行，一直到深夜才走出市政府的地下餐厅。我同他并肩走在最前面。他平常就不大喜欢说话，今天更不说了，我们只是沉默着走上去，听自己的步履声在深夜的小巷里回响，终于在沉默里分了手。我不知道他怎么样，我是一夜在床上翻来覆去地睡不着。第二天天一亮我就到他家去了。他已经起来了。我本来预备在我们离别前痛痛快快谈一谈，我仿佛有许多话要说似的；但他却坚决要到大学里去上一堂课。他母亲挽留也没有用。他嘴里只是说，他要去上"最后一课"，"最后"两个字说得特别响，脸上浮着一片惨笑。我不敢接触他的目光，但我却能了解他的"客树回看成故乡"的心情。谁又知道，这一堂课就真的成了他的"最后一课"呢？

就这样，俊之终于离开他的第二故乡哥廷根，离开了我，从那以后，我就再没有看到他。路上每到一个停船的地方，他总有信给我。他知道我正在念梵文，还剪了许多报上的材料寄给我。此外还寄给我了许多诗。回国以后，先在山东大学教数学。在这期间，他曾写过一封很长的信给我，报告他的近况，依然是牢骚满腹。后来又转到浙江大学去。情形如何，我不大清楚。不久战争也就波及浙江，他随了大学辗转迁到江西。从那里，我接到他一封信，附了一卷诗稿，把他回国以后作的诗都寄给我了。他仿佛预感到自己已经不久于人世，赶快把诗抄好，寄给一个朋友保存下去，这个朋友他就选中了我。我一直到现在还不相信，这是偶然的，他似乎故意把这担子放在我的肩上。

从那以后，我从他那里再没听到什么。不久范禹来了信，报告他的死。他从江西飞到香港去养病，就死在那里。我真没法相信这是真的，难道范禹听错了消息了么？但最后我却终于不能不承认，俊之是真的死了，在我生命的夜空里，他像一颗夏夜的流星似的消逝了，永远的消逝了。

我们相处一共不到一年。一直到离别还互相称做“先生”。在他没死之前，我不过觉得同他颇能谈得来，每次到一起都能得到点安慰，如此而已。然而他的死却给了我一个回忆沉思的机会，我蓦地发现，我已于无意之间损失了一个知己，一个真正的朋友。在这茫茫人世间究竟还有几个人能了解我呢？俊之无疑是真正能够了解我的一个朋友。我无论发表什么意见，哪怕是极浅薄的呢，从他那里我都能得到共鸣的同情。但现在他竟离开这人世去了。我陡然觉得人世空虚起来。我站在人群里，只觉得自己的渺小和孤独，我仿佛失掉了倚靠似的，徘徊在寂寞的大空虚里。

哥廷根仍然同以前一样地美，街仍然是那样长，阳光仍然是那样亮。我每天按时走过这长长的街到研究所去，晚上再回来。以前我还希望，俊之回来的时候，我们还可以逍遥在长街上高谈阔论；但现在这希望永远只是希望了。我一个人拖了一条影子走来走去：走过一个咖啡馆，我回忆到我曾同他在这里喝过咖啡消磨了许多寂寞的时光；再向前走几步是一个饭馆，我又回忆到，我曾同他每天在这里吃午饭，吃完再一同慢慢地走回家去；再走几步是一个书店，我回忆到，我有时候呆子似的在这里站上半天看玻璃窗子里面的书，肩头上蓦地落上了一只温暖的手，一回头是俊之，他也正来看书窗子；再向前走几步是一个女子高中，我又回忆到，他曾领我来这里听诗人念诗，听完在深夜里走回家，看雨珠在树枝上珠子似的闪光——就这样，每一个地方都能引起我的回忆，甚至看到一块石头，也会想到，我同俊之一同在上面踏过；看了一枝小花，也会回忆到，我同他一同看过。然而他现在却撒手离开这个世界走了，把寂寞留给我。回忆对我成了一个异常沉重的负担。

今年秋天，我更寂寞得难忍。我一个人在屋里无论如何也坐不下去，四面的墙仿佛都起来给我以压迫。每天吃过晚饭，我就一个人逃出去到山下大草地上去散步。每次都走过他同他母亲住过的旧居：小楼依然是六年前的小楼，花园也仍然是六年前的花园，连落满地上的黄叶，甚至连树头残留着的几片孤零的叶子，都同六年前一样；但我的心情却同六年前的这时候大大的不相同了。小窗子依然开对着这一片黄叶林。我以前在这里走过不知多少遍，似乎从来没有注意过这样一个小窗子；但现在这小窗子却唤回我的许多记忆，它的存在我于是也就注意到了。在这小窗子里面，我曾同俊之同坐过消磨了许多寂寞的时光，我们从这里一同看过涂满了凄艳的彩色的秋林，也曾看过压满了白雪的琼林，又看过绚烂的苹果花，蜜蜂围了嗡嗡地飞；在他离开哥廷根的前几天，我们都在他家里吃饭，忽然扫过一阵暴风雨，远处的山、山上的树林、树林上面露出的俾斯麦塔都隐入滃濛的云气里去：这一切仿佛是一幅画，这小窗子就是这幅画的镜框。我们当时都为自然的伟大所压迫，半天说不出一句话来，只是沉默着透过这小窗注视着远处的山林。当时的情况还历历如在眼前；然而曾几何时，现在却只剩下我一个人在满了落叶的深秋的长街上，在一个离故乡几万里的异邦的小城里，呆呆地从下面注视这小窗子了，而这小窗子也正像蓬莱仙山可望而不可及了。

逝去的时光不能再捉回来，这我知道；人死了不能复活，这我也知道。我到现在这个世界上来活了三十年，我曾经看到过无数的死：父亲，母亲和婶母都悄悄地死去了。尤其是母亲的死在我心里留下无论如何也补不起来的创痕。到现在已经十年了，差不多隔几天我就会梦到母亲，每次都是哭着醒来。我甚至不敢再看讲母亲的爱的小说、剧本和电影。有一次偶然看一部电影片，我一直从剧场里哭到家。但俊之的死却同别人的死都不一样：生死之悲当然有；但另外还有知己之感。这感觉我无论如何也排除不掉。我一直到现在还要问：世界上可以死的人太多太多了，为什么单单死俊之一个人？倘若我不同他认识也就完了；但命运却偏偏把我同他在离祖国几万里的一个小城里拉在一起，他却又偏偏死去。在我的饱经忧患的生命里再加上这幕悲剧，难道命运觉得对我还不够残酷吗？

但我并不悲观，我还要活下去。有的人说："死人活在活人的记忆里。"俊之就活在我的记忆里。只是为了这，我也要活下去。当然这回忆对我是一个无比的重担；但我却甘心肩起这一份重担，而且还希望能肩下去，愈久愈好。

五年前开始写这篇东西，那时我还在德国。中间屡屡因了别的研究工作停笔，终于剩了一个尾巴，没能写完。现在在挥汗之余勉强写起来，离开那座小城已经几万里了。

1946 年 7 月 23 日写于南京

西谛先生

西谛先生不幸逝世，到现在已经有二十多年了。听到飞机失事的消息时，我正在莫斯科。我仿佛当头挨了一棒，惊愕得说不出话来。我是震惊多于哀悼，惋惜胜过忆念，而且还有点儿惴惴不安。当我登上飞机回国时，同一架飞机中就放着西谛先生等六人的骨灰盒。我百感交集。当时我的心情之错综复杂可想而知。从那以后，在这样漫长的时间内，我不时想到西谛先生。每一想到，都不禁悲从中来。到了今天，震惊、惋惜之情已逝，而哀悼之意弥增。这哀悼，像烈酒，像火焰，燃烧着我的灵魂。

倘若论资排辈的话，西谛先生是我的老师。30 年代初期，我在清华大学读西洋文学系。但是从小学起，我对中国文学就有浓厚的兴趣。西谛先生是燕京大学中国文学系的教授，在清华兼课。我曾旁听过他的课。在课堂上，西谛先生是一个渊博的学者，掌握大量的资料，讲起课来，口若悬河泻水，滔滔不绝。他那透过高度的近视眼镜从讲台上向下看挤满了教室的学生的神态，至今仍宛然如在目前。

当时的教授一般都有一点儿所谓“教授架子”。在中国话里，“架子”这个词儿同“面子”一样，是难以捉摸、难以形容描绘的，好像非常虚无缥缈，但它又确实存在。有极少数教授自命清高，但精神和物质待遇却非常优厚。在他们心里，在别人眼中，他们好像是高人一等，不食人间烟火，而实则饱餍粱肉，进可以攻，退可以守，其中有人确实也是官运亨通，青云直上，成了令人羡慕的对象。存在决定意识，因此就产生了架子。

这些教授的对立面就是我们学生。我们的经济情况有好有坏，但是不富裕的占大多数，然而也不至于挨饿。我当时就是这样一个学生。处境相同，容易引起类似同病相怜的感情；爱好相同，又容易同声相求。因此，我就有了几个都是爱好文学的伙伴，经常在一起，其中有吴组缃、林庚、李长之等等。虽然我们所在的系不同，但却常常会面，有时在工字厅大厅中，有时在大礼堂里，有时又在荷花池旁“水木清华”的匾下。我们当时差不多都才20岁左右，阅世未深，尚无世故，正是天不怕、地不怕的时候。我们经常高谈阔论，臧否天下人物，特别是古今文学家，直抒胸臆，全无顾忌。幼稚恐怕是难免的，但是没有一点儿框框，却也有可爱之处。我们好像是《世说新语》中的人物，任性纵情，毫不矫饰。我们谈论《红楼梦》，我们谈论《水浒传》，我们谈论《儒林外史》，每个人都努力发一些怪论，“语不惊人死不休”。记得茅盾的《子夜》出版时，我们间曾掀起一场颇为热烈的大辩论，我们辩论的声音在工字厅大厅中回荡。但事过之后，谁也不再介意。我们有时候也把自己写的东西，什么诗歌之类，拿给大家看，而且自己夸耀哪句是神来之笔，一点儿也不脸红。现在想来，好像是别人干的事，然而确实是自己干的事，这样的率真只在那时候能有，以后只能追忆珍惜了。

在当时的社会上，封建思想弥漫，论资排辈好像是天经地义。一个青年要想出头，那是非常困难的。如果没有奥援，不走门子，除了极个别的奇才异能之士外，谁也别想往上爬。那些少数出身于名门贵阀的子弟，他们丝毫也不担心，毕业后爷老子有的是钱，可以送他出洋镀金，回国后优缺美差在等待着他们。而绝大多数的青年经常为所谓“饭碗问题”担忧，我们也曾为“毕业即失业”这一句话吓得发抖。我们的一线希望就寄托在教授身上。在我们眼中，教授简直如神仙中人，高不可攀。教授们自然也是感觉到这一点的，他们之所以有架子，同这种情况是分不开的。我们对这种架子已经习以为常，不以为怪了。

我就是在这样的气氛中认识西谛先生的。

最初我当然对他并不完全了解。但是同他一接触，我就感到他同别的教授不同，简直不像是一个教授。在他身上，看不到半点儿教授架子；他也没有一点儿论资排辈的恶习。他自己好像并不觉得比我们长一辈，他完全是以平等的态度对待我们。他有时就像一个大孩子，不失其赤子之心。他说话非常坦率，有什么想法就说了出来，既不装腔作势，也不以势吓人。他从来不想教训人，任何时候都是亲切和蔼的。当时流行在社会上的那种帮派习气，在他身上也找不到。只要他认为有一技之长的，不管是老年、中年还是青年，他都一视同仁。因此，我们在背后就常常说他是一个宋江式的人物。他当时正同巴金、靳以主编一个大型的文学刊物《文学季刊》，按照惯例是要找些名人来当主编或编委的，这样可以给刊物镀上一层金，增加号召力量。他确实也找了一些名人，但是像我们这样一些无名又年轻之辈，他也决不嫌弃。我们当中有的人当上了主编，有的人当上特别撰稿人。自己的名字都煌煌然印在杂志的封面上，我们难免有些沾沾自喜。西谛先生对青年人的爱护，除了鲁迅先生外，恐怕并世无二。说老实话，我们有时候简直感到难以理解，有点儿受宠若惊了。

在这样的情况下，我们既景仰他学问之渊博，又热爱他为人之亲切平易，于是就很愿意同他接触。只要有机会，我们总去旁听他的课。有时也到他家去拜访他。记得在一个秋天的夜晚，我们几个人步行，从清华园走到燕园。他的家好像就在今天北大东门里面大烟筒下面。现在时过境迁，房子已经拆掉，沧海桑田，面目全非了。但是在当时给我的印象却是异常美好、至今难忘的。房子是旧式平房，外面有走廊，屋子里有地板，我的印象是非常高级的住宅。屋子里排满了书架，都是珍贵的红木做成的，整整齐齐地摆着珍贵的古代典籍，都是人间瑰宝，其中明清小说、戏剧的收藏更在全国首屈一指。屋子的气氛是优雅典丽的，书香飘拂在画栋雕梁之间。我们都狠狠地羡慕了一番。

总之，我们对西谛先生是尊敬的，是喜爱的。我们在背后常常谈到他，特别是他那些同别人不同的地方，我们更是津津乐道。背后议论人当然并不能算是美德，但是我们一点儿恶意都没有，只是觉得好玩而已。比如他的工作方式，我们当时就觉得非常奇怪。他兼职很多，常常奔走于城内城外。当时交通还不像现在这样方便。

清华、燕京，宛如一个村镇，进城要长途跋涉。校车是有的，但非常少，有时候要骑驴，有时候坐人力车。西谛先生挟着一个大皮包，总是装满了稿子，鼓鼓囊囊的。他戴着深度的眼镜，跨着大步，风尘仆仆，来往于清华、燕京和北京城之间。我们在背后说笑话，说郑先生走路就像一只大骆驼。可是他一坐上校车，就打开大皮包拿出稿子，写起文章来。

据说他买书的方式也很特别。他爱书如命，认识许多书贾，一向不同书贾讲价钱，只要有好书，他就留下，手边也不一定就有钱偿付书价，他留下以后，什么时候有了钱就还账，没有钱就用别的书来对换。他自己也印了一些珍贵的古籍，比如《插图本中国文学史》《玄览堂丛书》之类。他有时候也用这些书去还书债。书贾愿意拿什么书，就拿什么书。他什么东西都喜欢大，喜欢多，出书也有独特的气派，与众不同。所有这一切我们也都觉得很好玩，很可爱。这更增加我们对他的敬爱。在我们眼中，西谛先生简直像长江大河，汪洋浩瀚；泰山华岳，庄严敦厚。当时的某一些名人同他一比，简直如小水洼、小土丘一般，有点儿微末不足道了。

但是时间只是不停地逝去，转瞬过了四年，大学要毕业了。清华大学毕业以后，我回到故乡去，教了一年高中。我学的是西洋文学，教的却是国文，用现在的话说，就是“不结合业务”，因此心情并不很愉快。在这期间，我还同西谛先生通过信。他当时在上海，主编《文学》。我寄过一篇散文给他，他立即刊登了。他还写信给我，说他编了一个什么丛书，要给我出一本散文集。我没有去搞，所以也没有出成。过了一年，我得到一份奖学金，到很远的一个国家里去住了十年。从全世界范围来看，这正是一个天翻地覆的时代。在国内，有外敌入侵，大半个祖国变了颜色；在国外，正在进行着第二次世界大战。我在国外，挨饿先不必说，光是每天躲警报，就真够呛。杜甫的诗：“烽火连三月，家书抵万金。”我的处境是“烽火连十年，家书无从得”。同西谛先生当然失去了联系。

一直到了1946年的夏天，我才从国外回到上海。去国十年，飘洋万里，到了那繁华的上海，连个落脚的地方都没有。我曾在克家的榻榻米上睡过许多夜。这时候，西谛先生也正在上海。我同克家和辛笛去看过他几次，他还曾请我们吃过饭。他的老母亲亲自下厨房做福建菜，我们都非常感动，至今难以忘怀。当时上海反动势力极为猖獗。郑先生是他们的对立面。他主编一个争取民主的刊物，推动民主运动。反动派把他也看做眼中钉，据说是列入了黑名单。有一次，我同他谈到这个问题。完全出乎我的意料，他的面孔一下子红了起来，怒气冲冲，声震屋瓦，流露出极大的义愤与轻蔑。几十年来他给我的印象是和蔼可亲，平易近人，光风霁月，菩萨慈眉。我万万没有想到，他还有另一面：疾恶如仇，横眉冷对，疾风迅雷，金刚怒目。原来我只是认识了西谛先生的一面，对另一面我连想都没有想过。现在总算比较完整地认识西谛先生了。

有一件事情，我还要在这里提一下。我在上海时曾告诉郑先生，我已应北京大学之聘，担任梵文讲座。他听了以后，喜形于色，他认为，在北京大学教梵文简直是理想的职业。他对梵文文学的重视和喜爱溢于言表。1948年，他在他主编的《文艺复兴·中国文学专号》的“题辞”中写道：“关于梵文学和中国文学的血脉相通之处，新近的研究呈现了空前的辉煌。北京大学成立了东方语文学系，季羡林先生和金克木先生几位都是对梵文学有深刻研究的。……在这个‘专号’里，我们邀约了王重民先生、季羡林先生、万斯年先生、戈宝权先生和其他几位先生们写这个‘专题’。我们相信，这个工作一定会给国内许多的做研究工作者们以相当的感奋的。”西谛先生对后学的鼓励之情洋溢于字里行间。

解放后不久，西谛先生就从上海绕道香港到了北京。我们都熬过了寒冬，迎来了春天，又在这文化古都见了面，分外高兴。又过了不久，他同我都参加了新中国开国后派出去的第一个大型文化代表团，到印度和缅甸去访问。在国内筹备工作进行了半年多，在国外和旅途中又用了四五个月。我认识西谛先生已经几十年了，这一次是我们相聚最长的一次，我认识他也更清楚了，他那些优点也表露得更明显了。我更觉得他像一个不失其赤子之心的大孩子，胸怀坦荡，耿直率真。他喜欢同人辩论，有时也说一些歪理。但他自己却一本正经，他同别人抬杠而不知是抬杠。我们都开玩笑说，就抬杠而言，他已达到出神入化的境界，应该选他为“抬杠协会主席”，简称之为“杠协主席”。出国前在检查身体的时候，他糖尿病已达到相当严重的程度，有几个“+”号。别人替他担忧，他自己却丝毫不放在心上，喝酒吃点心如故。他那豁达大度的性格，在这里也表现得非常鲜明。

回国以后，我经常有机会同他接触。他担负的行政职务更重了。有一段时间，他在北海团城里办公，我有时候去看他，那参天的白皮松给我留下了难忘的印象。这时候他对书的爱好似乎一点儿也没有减少。有一次他让我到他家去吃饭。他像从前一样，满屋堆满了书，大都是些珍本的小说、戏剧、明清木刻，满床盈案，累架充栋。一谈到这些书，他自然就眉飞色舞。我心里暗暗地感到庆幸和安慰，我暗暗地希望西谛先生能够这样活下去，多活上许多年，多给人民做一些好事情……

但是正当他充满了青春活力，意气风发，大踏步走上前去的时候，好像一声晴天霹雳，西谛先生不幸过早地离开我们了。他逝世时的情况是什么样子，谁也说不清楚。我时常自己描绘，让幻想驰骋。我知道，这样幻想是毫无意义的，但是自己无论如何也排除不掉。过了几年就爆发了“文化大革命”。我同许多人一样被卷了进去。在以后的将近十年中，我是如临深渊，如履薄冰，天天在战战兢兢地过日子，想到西谛先生的时候不多。间或想到他，心里也充满了矛盾：一方面希望他能活下来，另一方面又庆幸他没有活下来，否则他一定也会同我一样戴上种种的帽子，说不定会关进牛棚。他不幸早逝，反而成了塞翁失马了。

现在，恶贯满盈的“四人帮”终于被打倒了。普天同庆，朗日重辉。但是痛定思痛，我想到西谛先生的次数反而多了起来。将近五十年前的许多回忆，清晰的、模糊的、整齐的、零乱的，一齐涌入我的脑中。西谛先生的一举一动，一颦一笑，时时奔来眼底。我越是觉得前途光明灿烂，就越希望西谛先生能够活下来。像他那样的人，我们是多么需要啊。他一生为了保存祖国的文化，付出了多么巨大的劳动！如果他还能活到现在，那该有多好！然而已经发生的事情是永远无法挽回的。“念天地之悠悠”，我有时甚至感到有点凄凉了。这同我当前的环境和心情显然是有矛盾的，但我无论如何也抑制不住自己。我常常不由自主地低吟起江文通的名句来：

> 春草暮兮秋风惊，秋风罢兮春草生；绮罗毕兮池馆尽，琴瑟灭兮丘垄平。自古皆有死，莫不饮恨而吞声。

呜呼！生死事大，古今同感。西谛先生只能活在我们回忆中了。

1980年1月8日初稿

1981年2月2日修改

我的女房东

我已经多次谈到我的女房东欧朴尔太太。

我在这里还要再集中来谈。

我不能不谈她。

我们共同生活了整整十年，共过安乐，也共过患难。在这漫长的时间内，她为我操了不知多少心，她确实像自己的母亲一样。回忆起她来，就像回忆一个甜美的梦。

她是一个平平常常的德国妇女。我初到的时候，她大概已有五十岁了，比我大二十五六岁。她没有多少惹人注意的特点，相貌平平常常，衣着平平常常，谈吐平平常常，爱好平平常常，总之是一个非常平常的人。

然而，同她相处的时间越久，便越觉得她在平常中有不平常的地方：她老实，她诚恳，她善良，她和蔼，她不会吹嘘，她不会撒谎。她也有一些小小的偏见与固执，但这些也都是平平常常的，没有什么越轨的地方；这只能增加她的人情味，而决不能相反。同她相处，不必费心机，设堤防，一切都自自然然，使人如处和暖的春风中。

她的生活是十分单调的、平凡的。她的天地实际上就只有她的家庭。中国有一句话说：妇女围着锅台转。德国没有什么锅台，只有煤气灶或电气灶。我的女房东也就是围着这样的灶转。每天一起床，先做早点，给她丈夫一份，给我一份。然后就是无尽无休地擦地板，擦楼道，擦大门外面马路旁边的人行道。地板和楼道天天打蜡，打磨得油光锃亮。楼门外的人行道，不光是扫，而且是用肥皂水洗。人坐在地上，决不会沾上半点尘土。德国人爱清洁，闻名全球。德文里面有一个词儿 Putzteufel，指打扫房间的洁癖，或有这样洁癖的女人。Teufel 的意思是“魔鬼”，Putz 的意思是“打扫”。别的语言中好像没有完全相当的字。我看，我的女房东，同许多德国妇女一样，就是一个不折不扣“清扫魔鬼”。

我在生活方面所有的需要，她一手包下来了。德国人生活习惯同中国人不同。早晨起床后，吃早点，然后去上班；十一点左右，吃自己带去的一片黄油夹香肠或奶酪的面包；下午一点左右吃午饭。这是一天的主餐，吃的都是热汤热菜，主食是土豆。下午四点左右，喝一次茶，吃点饼干之类的东西。晚上七时左右吃晚饭，泡一壶茶或者咖啡，吃凉面包、香肠、火腿、干奶酪等等。我是一个年轻的穷学生，一无时间，二无钱来摆这个谱儿。我还是中国老习惯，一日三餐。早点在家里吃，一壶茶，两片面包。午饭在外面馆子里或学生食堂里吃，都是热东西。晚上回家，女房东把她们中午吃的热餐给我留下一份。因此，我的晚餐也都是热汤热菜，同德国人不一样，这基本上是中国办法。这都是女房东在了解了中国人的吃饭习惯之后精心安排的。我每天在研究所里工作了一整天之后，回到家来，能够吃上一顿热乎乎的晚饭，心里当然是美滋滋的。对女房东这番情意，我是由衷地感激的。

晚饭以后，我就在家里工作。到了晚上十点左右，女房东进屋来，把我的被子铺好，把被罩拿下来，放到沙发上。这工作其实是非常简单的，我自己尽可以做。但是，女房东却非做不可，当年她儿子住这一间屋子时，她就是天天这样做的。铺好床以后，她就站在那里，同我闲聊。她把一天的经历，原原本本，详详细细，都向我“汇报”。她见了什么人，买了什么东西，碰到了什么事情，到过什么地方，一一细说，有时还绘声绘形，说得眉飞色舞。我无话可答，只能洗耳恭听。她的一些婆婆妈妈的事情，我并不感兴趣。但是，我初到德国时，听说德语的能力都不强。每天晚上上半小时的“听力课”，对我大有帮助。我的女房东实际上成了我的不收费的义务教员。这一点我从来没有对她说，她也永远不会懂的。“汇报”完了以后，照例说一句：“夜安！祝你愉快地安眠！”我也说同样的话，然后她退出，回到自己的房间里。我把皮鞋放在门外，明天早晨，她把鞋擦亮。我这一天的活动就算结束了，上床睡觉。

其余许多杂活，比如说洗衣服、洗床单、准备洗澡水，等等，无不由女房东去干。德国被子是鸭绒的，鸭绒没有被固定起来，在被套里面享有绝对的自由活动的权利。我初到德国时，很不习惯，睡下以后，在梦中翻两次身，鸭绒就都活动到被套的一边去，这里绒毛堆积如山，而另一边则只剩下两层薄布，当然就不能御寒，我往往被冻醒。我向女房东一讲，她笑得眼睛里直流泪。她于是细心教我使用鸭绒被的方法。我就像一个小孩子一样，在她的照顾下愉快地生活。

她的家庭看来是非常和睦的，丈夫忠厚老实，一个独生子不在家，老夫妇俩对儿子爱如掌上明珠。我记得，有一段时间，老头月月购买哥廷根的面包和香肠，打起包裹，送到邮局，寄给在达姆施塔特（Darmstadt）高工念书的儿子。老头腿有点毛病，走路一瘸一拐，很不灵便；虽然拿着手杖，仍然非常吃力。可他不辞辛劳，月月如此。后来老夫妇俩出去度假，顺便去看儿子。到儿子的住处大学生宿舍里去，一瞥间，他们看到老头千辛万苦寄来的面包和香肠，却发了霉，干瘪瘪地躺在桌子下面。老头怎样想，不得而知。老太太回家后，在晚上向我“汇报”时，絮絮叨叨地讲到这件事，说她大为吃惊。但是，奇怪的是，老头还是照样拖着两条沉重的腿，把面包和香肠寄走。我不禁想到，“可怜天下父母心”，古今中外之所同。然而儿女对待父母的态度，东西方却不大相同了。章太太的男房东可以为证。我并不提倡愚忠愚孝。但是，即使把父母与子女之间的关系，化为一般人与人之间的关系，像房东儿子的做法不也是有点过分了吗？

女房东心里也是有不平的。

儿子结了婚，住在外城，生了一个小孙女。有一次，全家回家来探望父母。儿媳长得非常漂亮，衣着也十分摩登。但是，女房东对她好像并不热情，对小孙女也并不宠爱。儿媳是年轻人，对好多事情有点马大哈，从中也可以看出德国两代人之间的“代沟”。有一天，儿媳使用手纸过多，把马桶给堵塞了。老太太非常不满意，拉着我到卫生间指给我看。脸上露出了许多怪物相，有忿怒，有轻蔑，有不满，有憎怨。此事她当然不能对儿子讲，连丈夫大概也没有敢讲，茫茫宇宙间她只有对我一个人诉说不平了。

女房东也是有偏见的。

最突出的是宗教偏见。她自己信奉的是耶稣教，对天主教怀有莫名其妙的刻骨的仇恨。世界各地区各民族都毫无例外地有宗教偏见。这种偏见比任何其他偏见都更偏见。欧洲耶稣基督教新旧两派之间的偏见，也是异常突出的。我的女房东没有很高的文化，她的偏见也因而更固执。但她偏偏碰到一个天主教的好人。女房东每个月要雇人洗一次衣服、床单等等，承担这项工作的是一个天主教的老处女，年纪比女房东还要大，总有六十多岁了。她没有财产，没有职业，就靠帮人洗衣服为生。人非常老实，一天说不了几句话。却是一个十分虔诚的信徒，每月的收入，除了维持极其简朴的生活以外，全都交给教堂。她大概希望百年之后能够在虚无缥缈的天堂里占一个角落吧。女房东经常对我说："特雷莎（Therese）忠诚得像黄金一样。"特雷莎是她的名字。但是，忠诚归忠诚，一提到宗教，女房东就忿忿不平，晚上向我"汇报"时，对她也时有微词，具体的例子却从来没有听说过。

我的女房东就是这样一个有不平，有偏见，有自己的与宇宙大局、世界大局和国家大局无关的小忧愁小烦恼，有这样那样的特点的平平常常的人；但却是一个心地善良、厚道、不会玩弄任何花招的平常人。

她的一生也是颇为坎坷的，走的并非都是阳关大道。据她自己说，第一次世界大战前，德国人家里普遍都有金子，她家里也一样。大战一结束，德国发了疯似的通货膨胀，把她的一点点黄金都膨胀光了，成了无金阶级。到了第二次世界大战，她只是靠工资过日子。她对政治不感兴趣，她从来不赞扬希特勒，当然更不懂去反对他。由于种族偏见，犹太人她是反对的，但也说不上是“积极分子”，只是随大流而已。她在乡下没有关系户，食品同我一样短缺。在大战中间，她丈夫饿得从一个大胖子变成一个瘦子，终于离开了人世。老两口一生和睦相处，我从来没有听到他们俩拌过嘴，吵过架。老头一死，只剩下她孤零一人。儿子极少回来，屋子里空荡荡的。她心里是什么滋味，我不知道。从表面上来看，她只能同我这一个异邦的青年相依为命了。

战争到了接近尾声的时候，日子越来越难过。不但食品短缺，连燃料也无法弄到。哥廷根市政府俯顺民情，决定让居民到山上去砍伐树木。在这里也可以看到德国人办事之细致、之有条不紊、之遵守法纪。政府工作人员在茫茫的林海中划出了一个可以砍伐的地区，把区内的树逐一检查，可以砍伐者画上红圈。砍伐没有红圈的树，要受到处罚。女房东家里没有劳动力，我当然当仁不让，陪她上山，砍了一天树，运下山来，运到一个木匠家里，用机器截成短段，然后运回家来，贮存在地下室里，供取暖之用。由于那一个木匠态度非常坏，我看不下去，同他吵了一架。他过后到我家来，表示歉意。我觉得，这不过是小事一端，一笑置之而已。

我的女房东是一个平常人，当然不能免俗。当年德国社会中非常重视学衔，说话必须称呼对方的头衔。对方是教授，必须呼之为“教授先生”；对方是博士，必须呼之为“博士先生”。不这样，就显得有点不礼貌。女房东当然不会是例外。我通过了博士口试以后，当天晚上“汇报”时，她突然笑着问我：“我从今以后是不是要叫你‘博士先生’？”我真是大吃一惊，是我万万没有想到的。我连忙说：“完全没有必要！”她也不再坚持，仍然照旧叫我“季先生！”我称她为“欧朴尔太太！”相安无事。

一想到我的母亲般的女房东，我就回忆联翩。在漫长的十年中，我们晨夕相处，从来没有任何矛盾。值得回忆的事情实在太多太多了；即使回忆困难时期的情景，这回忆也仍然是甜蜜的。这些回忆一时是写不完的。因此我也就不再写下去了。

离开德国以后，在瑞士停留期间，我曾给女房东写过几次信。回国以后，在北平，我费了千辛万苦，弄到了一罐美国咖啡，大喜若狂。我知道，她同许多德国人一样，嗜咖啡若命。我连忙跑到邮局，把邮包寄走，期望它能越过千山万水，送到老太太手中，让她在孤苦伶仃的生活中获得一点喜悦。我不记得收到了她的回信。到了五十年代，“海外关系”成了十分危险的东西。我再也不敢写信给她，从此便云天渺茫，互不相闻。正如杜甫所说的“明日隔山岳，世事两茫茫”了。

1983 年，在离开哥廷根将近四十年之后，我又回到了我的第二故乡。我特意挤出时间，到我的故居去看了看。房子整洁如故，四十年漫长岁月的痕迹一点也看不出来。我走上三楼，我的住房门外的铜牌上已经换了名字。我也无从打听女房东的下落，她恐怕早已离开了人世，同她丈夫一起，静卧在公墓的一个角落里。我回首前尘，百感交集。人生本来就是这样，我有什么办法呢？我只有虔心祷祝她那在天之灵——如果有的话——永远安息。

（文章有删节）

迈耶（Meyer）一家

迈耶一家同我住在一条街上，相距不远。我现在已经记不清楚，我是怎样认识他们的。可能是由于田德望住在那里，我去看田，从而就认识了。田走后，又有中国留学生住在那里，三来两往，就成了熟人。

他们家有老夫妇俩和两个如花似玉的女儿。老头同我的男房东欧朴尔先生非常相像，两个人原来都是大胖子，后来饿瘦了。脾气简直是一模一样，老实巴交，不会说话，也很少说话。在人多的时候，呆坐在旁边，一言不发；脸上却总是挂着憨厚的微笑。这样的人，一看就知道，他决不会撒谎、骗人。他也是一个小职员，天天忙着上班、干活。后来退休了，整天呆在家里，不大出来活动。家庭中执掌大权的是他的太太。她同我的女房东年龄差不多，但是言谈举动，两人却不大一样。迈耶太太似乎更活泼，更能说会道，更善于应对进退，更擅长交际。据我所知，她待中国学生也是非常友好的。住在她家里的中国学生同她关系都处得非常好。她也是一个典型的德国妇女，家庭中一切杂活她都包了下来。她给中国学生做的事情，同我的女房东一模一样。我每次到她家去，总看到她忙忙碌碌，里里外外，连轴转。但她总是喜笑颜开，我从来没有看到她愁眉苦脸过。她们家是一个非常愉快美满的家庭。

我同她们家来往比较多，还有另外一个原因。在我写作博士论文的那几年中，我用德文写成稿子，在送给教授看之前，必须用打字机打成清稿；而我自己既没有打字机，也不会打字。因为屡次反复修改，打字量是非常大的。适逢迈耶家的大小姐伊姆加德（Irmgard）能打字，又自己有打字机，而且她还愿意帮我打。于是，有很长的一段时间，我几乎天天晚上到她家去。因为原稿改得太乱，而且论文内容稀奇古怪，对伊姆加德来说，简直像天书一般。因此，她打字时，我必须坐在旁边，以备咨询。这样往往工作到深夜，我才摸黑回家。

我考试完结以后，打论文的任务完全结束了。但是，在我仍然留在德国的四五年间，我自己又写了几篇论文，所以一直到我于1945年离开德国时，还经常到伊姆加德家里去打字。她家里有什么喜庆日子，招待客人吃点心，吃茶，我必被邀请参加。特别是在她生日的那一天，我一定去祝贺。她母亲安排座位时，总让我坐在她旁边。此时，留在哥廷根的中国学生越来越少。以前星期日总在席勒草坪会面的几个好友都已走了。我一个人形单影只，寂寞之感，时来袭人。我也乐得到迈耶家去享受一点友情之乐，在战争喧闹声中，寻得一点清静。这在当时是非常难能可贵的。至今记忆犹新，恍如昨日。

在这样的情况下，我离开迈耶一家，离开伊姆加德，心里是什么滋味，完全可以想象。1945年9月24日，我在日记里写道：

> 吃过晚饭，七点半到Meyer家去，同Irmgard打字。她劝我不要离开德国。她今天晚上特别活泼可爱。我真有点舍不得离开她。但又有什么办法？像我这样一个人不配爱她这样一个美丽的女孩子。

同年10月2日，在我离开哥廷根的前四天，我在日记里写道：

> 回到家来，吃过午饭，校阅稿子。三点到Meyer家，把稿子打完。Irmgard只是依依不舍，令我不知怎样好。

日记是当时的真实记录，不是我今天的回想：是代表我当时的感情，不是今天的感情。我就是怀着这样的感情离开迈耶一家，离开伊姆加德的。到了瑞士，我同她通过几次信，回国以后，就断了音问。说我不想她，那不是真话。1983年，我回到哥廷根时，曾打听过她，当然是杳如黄鹤。如果她还留在人间的话，恐怕也将近古稀之年了。而今我已垂垂老矣。世界上还能想到她的人恐怕不会太多。等到我不能想到她的时候，世界上能想到她的人，恐怕就没有了。